[著]— 来生直紀
Naoki Kisugi
[画]— pon
三ツ葉彩夜《みつはさや》
ごく普通の男子高校生・
一ノ瀬一心《いちのせいっしん》の恋人……の妹。
一心と姉の真昼《まひる》が恋人関係に
あると知りながら、
一心をドキドキさせるような
行動を続けるが……
運命で結ばれた恋人……の
あざとい妹と
一線を越えてしまう、
あの日まで

CONTENTS

unmei de musubareta
koibito.... no AZATOI-IMOUTO to
issen wo koeteshimau
anohi made

（姉妹の昼下がり）
三《み》ツ《つ》葉《は》真昼《まひる》
海外で暮らす両親の元を離れ、
日本の高校に通うため、
妹の彩夜とともに一心の家で
生活することに。
幼馴染の一心とは、
運命で結ばれた恋人関係

「本当に風強いですね。
そろそろ戻りましょうか」
俺の入浴中にあざとい
「せっかくなので、お背中流しましょうか？」
「へ……？」
「いつもお世話になっているお礼です。
一緒に暮らしているんですし、
遠慮しないでください」
あまりの事態に脳が追いつかない。
断ることも忘れて絶句していると、
彩夜が座る俺の後ろでひざをつく。
スポンジを手に取り、
補充したばかりのボディーソープを泡立てる。
「さ、彩夜ちゃん、待っ――」
制止の言葉を口にする前に、
背中にスポンジのやわらかな感触が押し当てられた。

運命で結ばれた恋人……のあざとい妹と一線を越えてしまう、あの日まで

来生直紀

ファンタジア文庫

3164

口絵・本文イラスト　pon

あざと・い［形］

①やり方に抜け目がない。小利口である。あくどいさま。
「―商売をする」

②やたらと異性を虜にする魅力的な仕草や言動。『あざとかわいい』とも。
「―妹に心を乱される」

AZATOI-IMOUTO

unmei de musubareta
koibito... no
AZATOI-IMOUTO to
issen wo koeteshimau
anohi made

プロローグ　やがて訪れた夜

ベッドに並んで腰かけた彩夜《さや》が、俺に唇を押し当てた。

「んっ……」

ついばむように繰り返される、長い口づけ。

頭の芯が痺《しび》れ、現実感が遠のいてゆく。

名残惜しそうに唇を離した彩夜が、ゆっくりと目を開けた。

「これで何回目か、憶《おぼ》えていますか?」

「そんなこと……」

「私はちゃんと数えていますよ」

嘘《うそ》か真か、彼女は得意げに微笑《ほほえ》んだ。

カーテンが閉め切られた薄暗い部屋。狭いベッドの上で彩夜が手を重ねる。

今ならまだ、まだ引き返せる。

ここに至るまで、こんな状況になるだけの出来事が、理由があった。

それでも最後の一線だけは越えずに来た。けれど――

「彩夜ちゃん。やっぱり、ダメだ。こんなこと……」

思わず視線をそらし、絡《から》めていた指を離した。

すると彩夜は、背中からベッドに沈みこんだ。はだけた胸元から谷間が覗《のぞ》く。

「身体《からだ》の準備も、心の準備もできています」

「……！」

「一心《いっしん》さんは、どうしたいですか？」

「俺、は……」

まだためらっていると、彩夜が俺の腕を摑《つか》んで引き寄せた。

ベッドの上で跨《また》がる恰好《かっこう》になった俺の首に、彩夜が下から手を回す。

そのまま引き寄せられ、俺たちはもう一度唇を重ねた。

「――一心さんとのキス、好きです」

熱を帯びた囁《ささや》きが耳をくすぐる。未知の快感に肌が粟立《あわだ》つ。

「さ、彩夜ちゃん……」

「嫌……でしたか？」

「そういうわけじゃ……」

「ふふっ、よかったです。あ、ちょっと待っててくださいね」

彩夜が一度身体を起こし、上着のボタンを外し始めた。

その姿をまじまじと見つめていた俺に気づき、ふと彩夜が手を止めた。

「もしかして、脱がせたいですか？」

ぐらり、と理性が揺らぐ。

前をはだけたままの彩夜が、今度は俺をベッドに押し倒した。

彼女の手が、俺の手を誘《いざな》う。

下着越しの胸へ。スカートの奥の太ももへ。

そこから伝わる感触は信じられないほどすべやかで、女の子というものがこんなにも違う生き物なんだということを、今さらながらに思い知った。

渇望《かつぼう》と罪悪感の狭間《はざま》で気が狂いそうになる。

けれど、それらを塗り潰すほどの快楽がそこにあった。

突然、彩夜が小さく喘《あえ》いだ。

俺の指先が、彩夜の太ももの間にぴたりと挟まれる。

切羽詰まったような声色に、消し飛んでいた理性がわずかに戻った。

「だ、大丈夫？　俺、なんか変なこと――」

「びっくりしました？」
気が急ぐ俺に、彩夜は悪戯《いたずら》っぽく微笑みかけた。
そのときようやく、彩夜に弄ばれていることに気づく。
初めての行為の最中でさえ、彼女は俺の心を手玉に取った。
「本当は……気持ちよくて、つい声が出ちゃっただけです」
彩夜は目をそらし、羞恥をこらえるようにして言った。
なけなしの理性は、情動によって再び追いやられていく。
「一心さん。手を握ってください」
彩夜に導かれるまま、掌《てのひら》を重ね合わせる。
互いの指を絡ませ、何度も握り直す。
押し当てられた胸伝いに、彩夜の心臓の鼓動が聞こえた。
ああ、知らなかった。
誰かと肌を密着させ抱き合うのが、これほどまでに安心するなんて。
甘い匂いも、柔肌の温《ぬく》もりも、なにもかもが衝撃だった。
自分の荒い息に、彩夜の吐息が混じる。
彼女の手が、俺の下腹部の方へと伸びる。

「一心さんの身体も、熱いです」

「……彩夜ちゃんこそ」

「はい。なので……今日は、ちゃんと最後までしてください」

最後のたがが外れた。

唾を飲み込み、こくりと頷《うなず》く。

拒まれたとしても、もう止められない。

彩夜が両脚をそろえ、下着をゆっくりとずらし、そこから足を抜いた。

ぼんやりとした薄明りの下。一糸《いっし》まとわぬ姿になった彩夜に、俺はこんなときにもかかわらず見惚《みと》れてしまった。

「来てください、一心さん」

彩夜の細い肩を摑み、押し倒す。

そこからは、もうなにも遮るものはなかった。

本能が求め合うことを、思春期の欲望をそのままに解放し、深く繫《つな》がり合う。

その日、俺たちは一線を越えた。

ああ、もう戻れない。

こうなることを、俺はどこかで知っていたのかもしれない。

自分から望んだ上で、決して許されない間違いを犯してしまった。

運命で結ばれた恋人の……妹と。

すべては——止まっていた関係が再び動き出した、あの日に遡る。

第一話　運命の再会、そして

運命の出会いなんて、この世にはない。

あいつのことを思い出す度に、そんな感情が俺の胸をよぎった。

例年よりも暖かな陽気に満ちた四月の朝。

高校二年の始業式初日から、俺は通学路をひた走っていた。

「いきなり遅刻はキツいだろ……」

俺の学校は、家から電車で数駅のところにある公立高校だ。

通い慣れた並木道。すこし前に満開になった桜の花は、すでに散り始めている。

毎年一度は見る光景。それは俺にとって、ある記憶の引き金になっていた。

あいつも、今日は始業式なのだろうか。

どこかの知らない学校で、知らない同級生たちと一緒にいる姿が脳裏に浮かんだ。だが俺の想像でしかないその容姿は不鮮明だ。

それも仕方ない。もう七年も会っていないのだから。

そんなことを考えながら、俺は一年間通った高校の門に飛び込んだ。

スマホで時間を確認する。焦《あせ》って走った甲斐《かい》があり、わりと余裕で間に合った。

一息ついて教室に向かおうとしたとき、なにげなく中庭の方を見た俺は、あるものに目が止まった。

ひときわ大きな桜の木。

その傍《かたわ》らに、ひとりの女子生徒が立っていた。

直後、ぐらりと視界が揺れるような、強烈な既視感に襲われた。

（あれは……）

その理由がなんなのか、すぐにはわからなかった。

だが俺の足は勝手にその少女に吸い寄せられる。

一歩ごとに、胸の高鳴りが強くなる。

ありえない。

あいつが、こんなところにいるはずが――

ゆっくりと桜の花びらが舞い落ちていく。

それを見上げていた彼女が、俺の足音に気づいてこちらを振り返った。

「――一心《いっしん》？」

春の日差しのように暖かな声が、俺の名前を呼んだ。

どうして知っているのか、と疑問に思うことはなかった。

なぜなら俺も彼女の名前を知っていたからだ。

「真昼《まひる》……」

三ツ葉《みつは》真昼。

それは、色褪《いろあ》せない想《おも》い出《で》のなかだけに存在していた少女。

七年前に別れたきりの幼なじみの女の子が、そこにいた。

どうして、ここに。

真昼がこちらへと、ゆっくりと歩み寄ってくる。それを俺は呆然《ぼうぜん》と見つめていた。

問いを口にしようとした瞬間、とんっ、と身体に軽い衝撃を感じた。

真昼が寄りかかるように、俺の胸に頭を預けていた。

「一心……よかった……。また、会えた……」

「ちょ、ま、真昼……？」

現実に脳の処理がようやく追いつくと、羞恥心が湧き上がってくる。

「い、一回落ち着けって。ま、まずは、距離を……」

「え？　わっ……!?　ご、ごめんね！」

真昼は慌てて俺から離れると、顔を真っ赤にした。

なにがなんだかわからない。

このおっちょこちょいなところは、本当にあの頃の、七年前のまま。

しかしながら、その容姿は決定的に違っていた。

健康的に伸びた手足。肩口程度の長さのつややかな黒髪。

おそらく十人中十人が「美人」と評するであろう、整った顔立ち。

七年越しに再会した幼なじみは、俺が想像していたよりも遥《はる》かに綺麗《きれい》になっていた。

そして俺が想像していたよりも発育が良かった。背丈とか……その他色々と。

運命の相手なんて、俺は信じていなかった。

ほんの数分前までは。

＊

「しかし、まさかクラスまで一緒だなんてな……」

「ほんと、すっごくびっくりしちゃった」

始業式当日の放課後、俺と真昼は登校してきた道を一緒に帰っていた。

今日は授業がなかったので、まだ時間は昼前だ。

真昼は新しい教室での自己紹介の場で、海外から転校してきたことや、昔は日本に住んでいたことなどを流暢《りゅうちょう》に説明した。帰国子女であることや、なによりも抜群の容姿と持ち前の明るさで、真昼は早速、クラスの話題を一手にさらっていた。

そういえば、真昼もこの辺りに住んでいるのだろうか？

なんとなく同じ方向に帰っていたが、まだ聞いていなかった。だが他にもわからないことは山ほどあった。

「それにしても一心《いっしん》、背伸びたね」

「ああ、そりゃあな。成長期だし」

「昔はわたしのほうが大きかったのに」

「あー……そう、だっけか？　あんまよく憶《おぼ》えてないな」

嘘《うそ》だった。

実際ははっきりと憶えていた。あの頃はまだ、真昼の方が背が高かった。

ただそれを素直に憶えていると口にするのは、気恥ずかしかった。

まるで、ずっと真昼のことを考えていたみたいだから。

「でも、驚いたでしょ？」

「……そりゃ、そうだろ」

真昼と、また会える日がこんな突然訪れるなんて、思いもしなかった。

俺と真昼が一緒だったのは、もう七年も前のことだ。

まだお互いの親が日本で暮らしていたとき、家が隣同士だった。

物心ついた頃には、俺の傍《そば》にはもう真昼がいた。

あの頃は、ほとんど毎日、真昼と一緒に遊んでいたような気がする。

当時住んでいた場所はわりと田舎寄りだったのか、周りに同い年の子供はほとんどいなかった。俺は一人っ子だったこともあり、唯一同い年の真昼と仲良くなったのは、ごく自然な成り行きだった。

町を探検し、野山を駆けまわり、いろんな場所に行った。

帰りが遅くなって、互いの親に怒られるときまで一緒だった。

あのときの俺は、ずっと真昼と一緒にいるんだと、たぶん本気で思っていた。

だが、それに突然終わりが来たのは、俺と真昼が九歳の頃だ。

真昼は両親の都合で海外に移住することになり、それが別れになった。その後、俺も親の仕事で何度か引っ越しをして、今の場所に住んでいる。

「正直、また会えるとか、思ってなかった」

「わたしは思ってたよ」

すぐに返ってきた真昼の言葉に、俺を足を止めた。

一歩先を行く真昼が、こちらを振り返る。

穏やかな風が、あの頃よりも伸びた髪をなびかせる。

「だってわたしと一心は、ずっと一緒だったもん」

だから、きっとまた――

真昼の言葉はそんな風に続くような気がした。

そのとき、ちょうど学校から最寄り駅の外観が見えてきた。

「あ、一心も電車通学だったよね」

「ああ、そうだけど。え、真昼も？　意外と家近いのかもな」

「えっと、そう……なるかな」

「？」

真昼は急に視線をそらし、気まずそうに頰をかいた。

その奇妙な態度の理由を、俺はまもなく知ることになった。

＊

「どうぞ、ここがわたしの家だよ♪」

二階建てのごく一般的な一軒家の前に、俺と真昼のふたりは立っていた。

やけに明るすぎる笑顔の真昼が、俺に自分の住まいを紹介している。

「ど、どうかしたの？　一心、なんだか……顔が怖いよ？」

「いや、ここ俺の家だわ！」

俺は迷いなくツッコんだ。

間違えようもなく、俺が今朝出た、正真正銘の俺の家だった。

真昼がぎこちなく首ごと顔をそらす。

「あ、あれ？　聞いてなかった……かな？」

「はぁ？　聞くって、なにを――」

そのとき、俺のスマホが震えた。

着信は――親父《おやじ》？　実の父親の名前が表示されていた。

俺の父親は、真昼たちの両親と同じく海外で仕事をしている。たまに帰っては来るが、その機会は稀《まれ》だ。そのため、今はこの家で実質的にほぼひとり暮らしをしている。

ちなみに俺が小さい頃に母親とは離婚したため、祖父母を除けば、俺にとっては唯一の家族だ。ただ親父の仕事が忙しいのと、俺もあまり干渉を望まない性格ということもあり、頻繁に連絡を取っているわけではない。

「もしもし？」

『おう、一心。真昼ちゃんとは会えたか？』

第一声の唐突さに絶句した。

なぜ親父が、真昼が同じ学校に転校してきたことを知っているのか？

「は？　な、なんで、それ知ってんだよ」

『なんでって、そりゃあおれが真昼ちゃんに紹介したからな。うちを』

「…………なんだって？」

『あいつら──ああ、真昼ちゃんの両親な？　まだ海外にいるみたいで、子供だけ先に学校通うためにそっちに戻ったんだよ。ははっ、いやそれぐらいはもう聞いてるよな？　んで、そっちに親が戻るまでの仮住まいを探してるっていうから、だったらちょうど近くにあるうちにホームステイすれば、ってな。どうせ一緒の学校に通うんだし、お前ひとりで暮らすには、勿体《もったい》ない一軒家だしな』

そういえば、親父と真昼の両親は、学生時代からの親友だと聞かされたことがある。

今も交流があり、お互い海外で仕事をしているということもあって仲がいい。

それは知っていたのだが――

「いや、な、なに勝手に話進めてんだよ⁉」

『勝手にって、うちのことをおれが決めて、なにがいけないんだ？』

「じゃなくて！　うちにホームステイって、それって、つまり俺と真昼が……」

そこで、隣にいる真昼と目が合った。

拝むように両手を合わせて、片目を閉じている。

お願いのポーズ。小さい頃、なにか頼み事をするときの真昼の癖だ。

あまりの状況に俺は脱力し、愕然《がくぜん》とした。

「ご、ごめんね！　最初は自分で住むところ探すつもりだったんだけど、親に相談してたら、一心のお父さんと話進めちゃったみたいで……」

「まったく、あの大雑把親父……」

あまりの強引さに呆《あき》れ果《は》てる。

息子のプライバシーや基本的人権をなんだと思っているのか。

確かに、部屋のひとつやふたつくらいは余っているが。問題はそこではない。

「一心が、よければ……お願い」

真昼《まひる》に拝み倒され、俺は言葉に詰まった。

今、もし俺が断ったら、真昼はどうするのだろうか?

ただでさえ、しばらく海外で暮らしていて、不慣れな日本で新しい環境に戸惑うこともあるだろう。いきなり放り出されたら困ることは想像がつく。

大きく、長いため息をついた。

「……とりあえず、中入れよ」

「えっ……いいの?」

「こんなとこで立ってても、あれだろ」

俺は頭をかきながら玄関を開け、真昼を家に招き入れた。

＊

「もし使うなら、この部屋か……」

家の二階にある空き室に、真昼を連れて上がった。

元々は、親父の書斎だった部屋だが、今はほとんど片付けられている。ただ長い間掃除もしていなかったので、だいぶ埃《ほこり》が溜《た》まっていた。

閉め切っていたカーテンを開け、部屋のベランダに出る。

「一心の部屋はどこ？」

「この隣。造りはこっちとほとんど同じだけどな」

「じゃあ、ベランダに出たらいつでもお喋《しゃべ》りできるね」

「ああ……まあ、そうだな」

「ふふっ。なんだか、懐《なつ》かしいね」

「なにが？」

「昔もこうやって、お互いの部屋の窓から話してたでしょ」

「あー……そういえば、そうだったな」

昔、俺と真昼の家は隣同士で、ちょうど互いの部屋が向かい合っていた。

窓越しに、取り留めもない会話を夜遅くまでしていた。今思えば、一日中一緒に遊んだあとでよくあれだけ話すことがあったなと、不思議になるくらいだ。

「だからって、覗《のぞ》いちゃダメだよ？」

「す、するか。あほっ」

「あ、一心いま照れたでしょー」

口が減らない真昼こそ相変わらずだ。

今日は天気が良く、風も穏やかだった。

不思議な感覚だった。真昼がこんなに近くにいて、同じ空を見上げている。

まるで、あの頃から時間が飛んだみたいに。

「──ねぇ、一心《いっしん》」

真昼が手すりに腕を乗せ、頭を預ける。

リラックスしてこちらを見上げる仕草には、妙な色気が漂っていた。

「あの約束のことを、憶えてる？」

どくん、と心臓が大きく跳ねた。

一瞬にして、その言葉が俺の全身をかけめぐる。

時間と記憶が、七年前、俺と真昼が最後に会った日に遡る。

そこで俺と真昼が交わした、あるひとつの『約束』。

「わたし……あれからずっと、一心のこと考えてた」

「え……」

「こんな風に季節が変わるたびに、一心は今どこで何をしてるのかな、とか……。わたしのこと……まだ憶《おぼ》えてくれてるのかな、って」

まったく俺と同じだった。

真昼は手すりから離れ、驚いている俺に向き合う。

手を伸ばせば届くほどの近さに、本物の真昼がいる。いまだ現実感がない。

「真昼……」

俺が呟《つぶや》いたとき、真昼の指先が、俺の手の甲に触れた。

まるで存在を確かめるように。

不安に揺れるその瞳を見つめ返し、はっとした。

もしかしたら、真昼も俺と同じ気持ちだったのかもしれない。

忘れたことなどない。

あの日から、たった一度も。

そして、あの『約束』のことも。

なぜならそれは、俺と真昼のこれからにとって、とても大事なもので。

俺が真昼と再会したことも、運命だと信じてしまえることだから。

「あの約束のこと、俺も——」

意を決して切り出そうとしたとき、玄関のチャイムが鳴った。

「あ、来たみたい」

「え？　来たって、誰が……」

平然と一階に下りて行った真昼の後を、俺は困惑したまま追った。

真昼が玄関に近づき、ドアを開ける。

「――お邪魔します」

そこに、見知らぬ少女がひとり立っていた。

俺や真昼と同じ学校の制服。リボンの色からして、ひとつ下の一年生だとわかる。

俺は真昼と再会したとき以上に、目を奪われた。

深い夜のような漆黒の瞳。真昼よりも長い髪。人形のように整った顔立ち。

そして、その女の子は――どこか真昼に似ていた。

「一心、覚えてる？　妹の彩夜《さや》だよ」

真昼がさらりと口にしたその言葉も、右の耳から左の耳へと抜ける。

「今日からここでお世話になります。三ツ葉《みつは》、彩夜です」

彼女は真昼の――俺の幼なじみの妹だった。

第二話　幼なじみとの約束

かちゃり、とティーカップを置く音がリビングの静寂に響いた。

俺と真昼、そして彩夜の三人がテーブルを囲むようにして座っている。

なぜか気まずい。

つい今日の朝まで俺ひとりしかいなかった我が家に、ふたりの少女がいる。

ひとりは三ツ葉真昼。

もうひとりは、三ツ葉彩夜。真昼の妹だ。

「えっと……、ふたりとも、うちの学校だったんだな」

「うん。わたしが転入する話をしたら、彩夜もそこがいいって。ね？」

「はい、お姉ちゃんと一緒のところに通いたいなって、ずっと思っていて」

こうして並んでみると、目元や口元などふたりはよく似ている。

だが元気で晴れやかな真昼に対して、彩夜の雰囲気はだいぶ異なる。

物静かな印象。年下だが、どこか大人びているような気もする。

ちなみに身長は真昼の方が少し高いが、ふたりとも負けず劣らずスタイルがいい。

むしろ、部分的には彩夜の方が——

「一心、どうかした？」

「え？　いや、べつに」

俺は上品な仕草で紅茶を口にする彩夜から目をそらした。

「一心、なんか緊張してる？　まあ、彩夜とはあんまり話したことなかったもんね」

「ああ……そう、だな」

確かに妹の彩夜とは、ほとんど一緒に遊んだり話したりした記憶がない。

男子のように活発だった真昼と違い、おそらく彩夜はインドアな性格なのだろう。

彩夜が気まずそうに目を伏せた。

「ごめんなさい。私はお姉ちゃんほど、一心さんと親しくないのに……」

「あ、いや！　そういう意味じゃなくて……。っていうか、真昼なんかよりも彩夜……ちゃんの方が常識的な感じがするし、全然迷惑とかじゃ」

「一心？　今の聞き捨てならないんだけど」

「あーもう、いちいちつっかかるなって」

遠慮なく言い合いをする俺たちを見て、彩夜がくすりと笑った。

「一心さん。お姉ちゃんと一緒に、お世話になります」

「こ、こちらこそ」

丁寧にお辞儀をする彩夜に、俺も慌てて応じる。

彩夜は真昼とちがって、落ち着いた良い子のようだ。

一時はどうなるかと思ったが、心配するほどのことはないのかもしれない。

「よしっ、じゃあ堅い挨拶も終わったということで、そろそろお昼にしない？」

「あー……確かに、腹減ったな」

「でしょ？　今日は大サービスで、わたしがやってあげる。一心、台所借りていい？」

「いいけど、真昼って料理とかできたっけ？」

「包丁ある？　切れ味試さないと」

「いや、軽い冗談だろ……」

「あのね、現役ＪＫの女子力、舐《な》めないでよね？」

「まあできるんならいいけど……いや、ちょっと待った」

「まだ疑ってるの？　彩夜、わたしだって料理できるよね？　目玉焼きとかソーセージ焼いたり、よくやってるし。そ、それだって立派な料理だよね？」

「……ま、真昼の腕前は置いとくとして、さ」

俺は立ち上がり、彩夜を見下ろした。そして台所に立つ真昼《まひる》も。

「三人で暮らすんだから、三人でやればいいだろ」

ぶっきらぼうな俺の言葉に、真昼と彩夜がやや遅れて笑顔でうなずく。

「うん！」

「はい、そうしましょう」

その日から、俺と真昼と彩夜、三人での生活が始まった。

＊

「一心、早く起きてってば」

「うわっ⁉」

平日の朝、自室にて。

まどろみの中で、ぼんやりと目を開ける。

目の前に広がる光景に、俺は布団《ふとん》を跳ね上げてベッドから転げ落ちた。

制服の上からエプロンを着けた真昼が、そこに立っていたからだ。

手にはなぜかお玉。料理中にそのまま来たというような恰好《かっこう》だった。

「おまっ、な、なに部屋に勝手に入ってきてんだよ⁉」

「なにって……一心が起きてこないから」

「そこじゃなくて！　ぷ、プライバシー……！」

「大袈裟《おおげさ》だなぁ。小さい頃も、こんな風に毎日起こしにきてたでしょ？」

「い、いつの話してんだよ。確かにそうだけど……」

真昼とは七年間の空白があったが、昔と同じような関係に戻るのに時間はいらなかった。

そのおかげで、彩夜ともすこしずつ自然に話せるようになってきた。

唯一の問題は、真昼の感覚があの頃のままだということだ。

だがお互い高校生にもなって、なにもかもが同じというわけにはいかない。

なんとか真昼を追い出して着替えた俺は、朝食をとりながら愚痴る。

「ったく、少しは気にしろっての……」

「幼なじみなんだからそんな気遣わなくてもいいのに。あ、一心ねぐせ」

遠慮なく頭を触ろうとしてくる真昼の手を、俺はやんわりとそらした。

「あのな、もうガキじゃないんだから、自分のことくらい自分でするって」

「ダメ」

「なんでだよ」

「だって息子のこと頼む、って一心のお父さんからも頼まれてるから」

「どういう意味だよ、あの親父《おやじ》……」

毎朝飽きもせず言い合いをする俺と真昼を、彩夜が楽しそうに眺めている。

「ふふっ、お姉ちゃんたち、ほんとに仲良しだね」

「えーそうかな？　けっこうケンカとかもするよね」

「ああ、そうだな」

といっても、翌日になったらケロっとお互い忘れていることがほとんどだが。

ふと真昼が時間を見た。

「って、時間！　一心《いっしん》、ほら早く食べて。あとネクタイ曲がってる！」

「わーったよ！」

俺は真昼に急《せ》かされ、急いで朝食をかき込んだ。

まだ始まったばかりの、三人での共同生活。

こんな光景が、最近の俺の日常になりつつあった。

＊

まだ春先だというのに、その日は妙に暑い一日だった。

しかも体育の授業で外をさんざん走らされたため、俺は汗だくで帰宅した。

とりあえずシャワーを浴びなければ、気持ち悪くて敵《かな》わない。

浴室の戸を勢いよく開けた俺は、そのままの姿勢で硬直した。

中に先客がいたからだ。

「え?」

「へ?」

そこにいた真昼は、上は薄いキャミソール姿で、下はソックスを脱ぎ生足で、スカートの腰のホックに手をかけている瞬間だった。

脳が遅れて、着替え途中という状況を理解する。

「でっ……出てけばかー!」

「ちょっ⁉ おまっ⁉」

俺は慌てて、その場で後ろを向く。

「み、見てないからな⁉」

気が動転しているせいで、我ながら妙なことを口走る。

「い、いいから早く閉めてってば!」

「確かに……ってかその前に、入るなら鍵くらい締めとけよな……!」

「え? あっ……って、覗《のぞ》いたのは一心でしょ⁉」

「わ、わざとじゃないっての……！」

俺はそのまま後ろ手で戸を閉めた。

ばふっ、とその裏になにかタオルのようなものが当たる音がする。

俺はリビングに移動しながら嘆息した。

それにしても、なんだろう、この違和感は。

真昼は平然と俺の部屋に入ってくるのに、その逆の状況になると文句を言われるのが理不尽だったからか。いや、それよりも真昼が狼狽《うろた》えていたことが気になった。もちろん、着替え途中なのだから当然のことなのだが……。

「あ、そっか……」

俺が動揺したのは、ただタイミングが悪かったからだけじゃない。

真昼の容姿が、あの頃よりも間違いなく、「女」になっていたから。

それも、とても輝いて見えるほど、魅力的に。

＊

また別のとある日、台所の食器棚の前で背伸びをしている真昼を見つけた。

「うーん……」

「なにやってんだ？　真昼」

「あ、一心。あれ使おうと思ったんだけど、届かなくて……」

どうやら上に置いているミキサーの箱を取ろうとしているようだった。

「ねぇ、どっかに踏み台とかって――」

「よしっ……と」

俺はつま先立ちになって、腕を伸ばした。

指先で箱を摑《つか》んで、落とさないようゆっくりと下ろす。

ミキサーの箱をきょとんとしたままの真昼に手渡した。

「はいよ。だいぶ埃《ほこり》被《かぶ》ってるから、庭で払ってから開けたほうがいいな」

「……」

ふと視線に気づく。なぜか真昼は俺をまじまじと見つめていた。

「ん？　どうかしたか」

「えっ⁉　う、ううん、その……一心、やっぱり背伸びたなって……」

「そりゃそうだろ。あれから何年経《た》ったと思ってんだよ」

「はは、そ、そうだよね……なんか、びっくり……」

真昼は妙にそわそわとしている。

「一心も……男の子なんだな、って……」

「？」

「な、なんでもない。ありがとね、じゃ！」

真昼が慌て気味に台所を出ていった。

その姿を見送り、俺は少しだけ気まずくなって頭をかいた。

「気にしてんのかもな……あのこと」

七年が経ち、俺も真昼も、お互いからすれば変わったのかもしれない。

けれどたったひとつだけ、変わらないと確信できるものがある。きっと真昼も、そう思っているにちがいない。

ふたりが交わした、あの『約束』だけは、と。

第三話　すべてが変わる夜

「一心さん、今日のお弁当ありがとうございます」

「あっ、ううん。全然」

朝の台所で、俺が作った弁当を真昼と彩夜《さや》がカバンに詰め込む。

最近のいつもの光景だ。

ほぼひとり暮らしを続けてきたので、料理は人並み以上には得意だった。

俺も遅れて自分の弁当を仕舞っていると、彩夜がこっそりと近づいてきた。

「実はお姉ちゃん、一心さんが料理上手なの知って悔しがってますよ？」

「はは……あいつ、昔から負けず嫌いだしな」

「でも私も、負けないよう努力しますね」

「そんな、全然気にしなくていいよ。彩夜ちゃん、他の家事もよくやってくれてるし」

まだ距離はあるが、彩夜とも順調に打ち解けられている気がした。

あわただしく洗面所から出てきた真昼が、俺たちに声をかける。

「ほら一心、彩夜。そろそろ出よっ」

「うん。行きましょう、一心さん」

ふたりの同居人に導かれ、俺はいつものように学校へと向かった。

＊

授業中。教室では数学の教師が不等式の証明について説明している。

窓際《まどぎわ》の俺の席から黒板を眺めると、斜め前に座る真昼《まひる》の利発そうな横顔が見えた。

あれから、ずっと気になっていた。

再会した日に真昼が口にした、約束の話。

避けていたというわけではなく、むしろ話したかった。ただどうしても、当たり前の日常が先にありすぎて、タイミングがわからなかったのだ。

今日は真昼も委員会の集まりがなく、一緒に帰れるはずだ。

（やっぱ、ちゃんと話さなきゃ……だめだよな）

自分の中で腹を括《くく》り、俺は放課後になるのを待って、真昼に声をかけた。

＊

駅から家までの住宅地の道を、俺と真昼は並んで歩いている。

ちなみに今日は時間割の関係で、彩夜は一足先に家に帰っているはずだ。

「あーどうしよう、今度のテスト……。全然勉強追いついてない……」

「俺が教えてやろうか？　タダじゃないけど」

「ううん。一心に教わるのは悔しいから、自分でがんばる」

「はいはい、そーですか……」

他愛《たわい》ない話をしながら小さな公園の前に差し掛かったとき、真昼が足を止めた。

「？　なんだよ」

「……なんか、懐《なつ》かしいなって。よく、こういう公園で一緒に遊んだよね」

「ああ……」

公園の砂場では、小さな男の子と女の子が遊んでいた。

とても仲が良さそうに屈託なく笑い合っている。

いつかの俺と真昼も、あんな風に見えていたのだろうか。

沈む夕陽《ゆうひ》が、公園の中を橙色《だいだいいろ》に染め上げていた。

出入口の方からやってきた母親に男の子たちが呼ばれ、公園の外へと走っていった。

「ねぇ、一心。ちょっとブランコ乗らない？」

「はぁ？　いや、子供じゃないんだから……」

「まだわたしたちだって、一応子供でしょ？　いいから、ほら」

真昼は返事を待たず、軽やかな足取りでブランコに近づいた。

幸い周りに人もいなかったので、俺も仕方なくそれに続く。

「わーほんとに久しぶり。昔もこうやって、一緒に並んで漕《こ》いでたよね」

「だったかもな」

立ったままの俺の横で、真昼はブランコを揺らしている。

何もかもあの頃と同じ。そう錯覚しそうになるような状況だった。

だから俺は、自然と口を開《ひら》けたのかもしれない。

「……あのさ、この前の話の続きだけど」

真昼が地面に足をつけてブランコを止めた。

「あの約束のこと……俺だって、ちゃんと憶《おぼ》えてるから」

俺の言葉に、真昼が大きく目を見開く。

忘れるはずがない。忘れられるはずがない。

あの頃、誰よりも大切な存在だった真昼と離れなければならなくなった日、俺たちは、あることを一緒に誓った。

それは、

「もし、もう一度会えたら、その時は……恋人になろう……って」

そうすれば、二度と離れずに済むから。

それは小さな子供の戯言《たわごと》だ。

けれど、あの頃の俺たちにとって、紛れもなく本物の願いだった。

恐る恐る、真昼の顔色を窺《うかが》う。

真昼は顔を真っ赤にして、俯《うつむ》いていた。

「……ず、ずるい……」

「な、なにがだよ？」

「だって……そんな、かっこつけて言うから……」

「は、はぁ？　べつに、そんなつもりじゃ……！」

恥ずかしさで顔が熱くなり、夕方の涼しい時間帯だというのに背中に汗がにじんだ。

こんな近くにいるのに、俺も真昼も、互いの顔をまともに見られなかった。

高校生にもなって、いったい何をしているのか。

「……でも、すごく嬉《うれ》しいよ」

沈黙のなか、真昼が穏やかに微笑《ほほえ》んだ。

それを見た瞬間、ぎゅっと胸が締め付けられる。

同時に、俺はようやく、自分の気持ちがわかった気がした。

「あのときは、本当にもう二度と会えないって思ったもんね」

「ああ……そうだな」

「でも、わたしは信じてたよ」

「俺も、たぶん」

「なんだか、運命みたいだよね」

運命。そうなのかもしれない。

俺と真昼は、あの頃から、離れている間も、ずっと心では繋《つな》がっていた。

この世界に、運命の相手が、もしいるとすれば。

俺にとって、それは真昼の他にはいない。

「わたし、今でもずっと、一心《いっしん》のことが好きだよ」

赤くなった真昼の瞳が、俺を見つめていた。

それは俺が、あの別れの日、真昼に言えなかった言葉だ。

ずっと大切に仕舞いこんでいた贈り物が、まるで時間を飛び越えて、たった今、真昼の口から紡《つむ》がれたような、そんな気がした。

それに対する俺の答えは、初めからひとつしかなかった。

「俺も、真昼のことが……好きだ」

大きな歯車がかちりと噛《か》み合《あ》い、ゆっくりと回りだす。

ついさっきまでとは、なにかが決定的に変わったことを、肌で感じた。

——こうして、俺と真昼は幼なじみから、彼氏彼女という関係になった。

運命で結ばれた、恋人に。

＊

ベッド脇の時計の針は、深夜二時を回っている。

夕方あんな出来事があったせいで、目が冴《さ》えてまるで眠れなかった。

見慣れた部屋の天井を見上げたまま、俺は奇妙な気持ちに浸っていた。

「彼氏彼女……か」

大きく変わったようで、しかし、まだ何も変わっていない。

それはこれからだが、俺と真昼の関係がどうなっていくのか、まだ具体的なイメージは湧かなかった。実感が伴わない。

寝返りをうち、隣の部屋と接する壁を見つめた。

この壁の向こうで眠っている真昼は、まだ起きているだろうか。

もしかしたら、今の俺と同じ気持ちでいるのだろうか。

だが真昼のことだから、ぐっすりと快眠しているかもしれない。

そう考えると、自分だけがあれこれ考えているのが馬鹿らしくなった。

(寝よう寝よう……)

とりあえず明日からは、俺と真昼には、新しい日常が始まるのだ。

ふわふわとした期待感を抱きながら、俺はまどろみの底へと落ちていった。


——どれくらい、経《た》った頃だろうか。


夢のなかで、俺は見知らぬ誰かに名前を呼ばれていた。

それは女の子で、真昼によく似ていた。

その子は俺の顔を上から、深い瞳で覗《のぞ》き込んでいる。

「しっ、声を出しちゃ……」

その子が俺に語りかけてくる。

なぜかそのとき、足元から違和感が湧き上がってきた。

なにかが、違う。なにかが、間違っている。そんな感覚。

すべてがぼんやりとして、夢と現実の区別がつかない。

曖昧な世界のなかで、彼女の指先が、俺の頬を優しく撫《な》でた。

経験したことのない甘美な感触に、俺はまるで金縛りにあったかのように、身動きひとつとれない。けれど、決して不快ではない。

彼女の手は滑るように、俺の首筋へ。そこからさらに鎖骨の間へと下っていく。

世界はぼんやりとしているのに、指先の柔らかな感触だけは生々しいほど鮮明だった。

彼女がゆっくりと顔を近づける。

「一心——さん」

真昼、ではない。

言葉とともに吹きかけられた吐息が耳元をくすぐり、全身が身震いした。

彩夜《さや》……？

いったいなぜ、彩夜が俺の部屋にいるのだろうか。

ありえない。こんなことが、現実であるはずが。

漆黒の瞳に吸い寄せられる。

そこには不思議な魔力があった。夢と現実の境界線上で、俺はそれに身を委ねた。

彩夜の唇が、俺の唇に触れる。

頭の奥が麻痺《まひ》し、なにも考えられない。

ただ永遠に甘い快楽だけが、そこにあった。

ゆっくりと唇を離した彩夜が、夜の月のように微笑み、人差し指を立てた。

「お姉ちゃんには、内緒ですよ？」

こんなこと、現実のはずがない。

恋人になったばかりの幼なじみの妹から、キスをされるなんて。

第四話　予期せぬ訪問者

「はっ⁉　……って、なんだ夢か……」

「なに言ってるの？」

「うわっ⁉」

ベッドの脇に、いつもと同じく制服にエプロン姿の真昼《まひる》が立っていた。

俺の方はいつもより二割増しのリアクションで、ベッドから転げ落ちた。

「ちょっと一心、大丈夫？　寝ぼけてる？」

「い、いや……べつに……」

完全にひきつったままの顔で愛想笑《あいそわら》いを浮かべる。

はっとして、唇に触れた。

そこにはまだ生々しい感触が残っている。

夢？　いやでも、そんなはずは――

明らかに普段と違う様子で動揺している俺を、真昼はじっと見つめた後、

「……あのさ、一心」

「な、なに？」

「今日から……その、よろしくね」

「なにを？」

「だから、昨日の……」

「え？　なに？　昨日？　なんかあったっけ？」

いくら混乱しているとはいえ、どうやら言い方がまずかったらしい。

まったくピンと来ていない俺を前に、真昼の表情がたちまち険しくなる。

「っ～な、なんでもない！　……ばか」

真昼が急に背を向けて部屋から出ていく。

自分の対応ミスをなんとなく察し、俺は慌てて真昼を追いかけようとした。

だが廊下に出た瞬間、真昼と入れ替わるように彩夜が姿を現した。危うくぶつかりそうになる。

「わっ、ごめんなさい」

「さ、彩夜ちゃん……？」

寝間着姿の俺とは違い、彩夜はきっちりと制服姿だった。

「おはようございます。一心さんの分の朝ご飯、用意できてますよ」

「あ、ああ……。ありが、とう……」

「そうだお姉ちゃん、私の髪飾り知らない？　ちょっと見当たらなくて……」

「え、見てないけど。わたしの貸そっか？」

彩夜はちらりと俺の部屋の方を見てから、首を振った。

「……ううん、大丈夫。同じのあるから」

仲睦《むつ》まじく話す姉妹の横で、俺だけがまだ半分夢のなかにいるような気がした。

＊

その日、俺はひとりでまっすぐ学校から帰ってきていた。

真昼は友達と寄るところがあると言っていたため、少し遅くなるらしい。

本来なら、付き合いはじめた直後に一緒に帰るチャンスだったのだが、今日ばかりはそのことに安堵《あんど》していた。

「待て、待て待て待て待て待て……。夢……だよな？」

自分の部屋にこもりながら、俺はすっかり混乱していた。

昨日の深夜、この場所で起きたこと。

昨日のあれは、夢だったと自分に言い聞かせるにはあまりに鮮明で、リアリティがあり過ぎた。

だが、それを示す証拠はなにひとつ残っていない。

それに今朝の彩夜の様子は、いつもとなんら変わりがなかった。

普通に考えれば——寝ぼけた俺の夢だ。

だがもしも、そうでなかったとしたら。

なぜ、彩夜が俺にキスを？

質《たち》の悪いいたずら？　いや、そんなことをする性格には見えない。

万が一、そういう目的だったとしても、あれはやり過ぎだ。ありえない。

がちゃり、と玄関が開く音がした。

どくん、と心臓が跳ねる。

真昼にしては早い。だとすれば、帰ってきたのは——

「一心《いっしん》さん、先に帰っていたんですね」

「彩夜、ちゃん……」

階段を下りると、そこに学校指定のバッグを肩にかけた彩夜がいた。

真昼よりも長い黒髪。上品な仕草。どこか大人びた、真昼の妹。

つまり今は、俺の恋人の——妹だ。

「お顔が険しいですが……どうかされたんですか？」

名前を呟《つぶや》いて固まる俺の前で、彩夜は不思議そうに首をかしげる。

「あの……き、昨日、あったことなんだけど……」

「昨日？　……あ、ふふっ。なんのことか、わかっちゃいました」

彩夜が楽しそうに目を細める。

背筋が震えた。やはり、本当に——

「一心さんとお姉ちゃん、お付き合いすることになったんですよね？」

「…………へ？」

一瞬、何を言われたのかわからなかった。

だが、彩夜はおかしなことは言っていない。ただの事実だった。

「あ、えっと、それは……」

「恥ずかしがらなくても大丈夫ですよ」

口ごもる俺をどう解釈したのか、彩夜は得意げに胸を張った。

「実は昨日、お姉ちゃんから聞いたんです。でも、そんなに驚きませんでしたよ？　昔からずっと、お姉ちゃんが一心さんのことを好きだってこと、わかってましたから」

「そう……なんだ」

「おめでとうございます。おふたりのこと、祝福しますね」

「あ、ありがとう」

「……もしかして、そのことじゃないんですか？」

きょとんとしている彩夜に、俺は慌てて説明した。

「いや、その！　なんていうか、昨日の夜中……」

その先を俺は口にできなかった。

すると、彩夜がおもむろに近寄ってきた。思わず見構える。

「一心さん……もしかして、寝不足ですか？　すこし顔色が悪い気がします」

「え？」

「ダメですよ、ちゃんとぐっすり眠らないと。健康にもよくありません」

彩夜は、まったくいつも通りの態度だった。

ふと、俺は我に返った。

寝ぼけていただけ。ただ、それだけ。

確かに昨晩は真昼とのことで中々眠れず、いつ眠ったのかあまり記憶がない。

あれはただの夢。現実じゃない。

冷静になればなるほど、そう考えたほうが腑《ふ》に落ちる。

だから、あのキスの感触だって——

「あの……私の唇に、なにかついてますか？」

「⁉　い、いや、そんなことない！　全然大丈夫！」

俺は彩夜《さや》の唇から目をそらし、作り笑いを浮かべた。

「あ、そうだ一心さん。今日の晩ご飯のことなんですけど——」

彩夜は弾んだ声で、夕食の献立について語り出す。

俺は馬鹿な妄想を頭から追いやり、それきりもう考えることをやめた。

＊

「一心、今日は一緒に帰らない？」

翌日の放課後。ホームルームが終わった教室で、真昼に声をかけられた。

「ああ、いいけど。あれ、今日って真昼、委員会の日じゃなかったか？」

「そうだけど……そんなに遅くならないと思うから」

「そっか。おっけー」

「じゃあ終わったら連絡するね！」

真昼はスマホ片手に元気に手を振って、教室を出て行った。

なにげなく別れてから、ふと気付く。

告白後、初めてふたりで一緒に帰る機会だ。

そう考えると、いつもの通学路もこれまでとはまるで違った意味を持ってくる。

そわそわして、妙に落ち着かない気分だった。

「とりあえず……ひさしぶりに部室行くか」

俺は隣の校舎に渡り、文化部の部室のひとつを訪ねた。

誰もいない、がらんとした部屋。

長机が二つ置かれており、壁際《かべぎわ》には大きな本棚が並んでいる。そこには分厚いハードカバーや文庫本、さらに絵本や漫画など様々な本が収まっている。

ここは、文芸部だ。

実は、俺はれっきとしたここの部員である。

この学校では必ずなにかしらの部活、ないしは生徒会などの委員会に所属しなければならない校則になっている。一年のときの入学直後、特にやりたい部活もなく、かといって委員会の仕事も面倒そうだと考えた俺が選んだのは、うちの学校で一番活動が少なそうな場所だった。

といっても、活動はほとんどしていない。

現在の部員数は、二名。完全な幽霊部員の俺と、ほぼ幽霊部員の先輩のふたりだ。

「先輩も休みか……ま、だろうな」

もうひとりの部員である先輩も、部室に来ることは稀《まれ》だ。

詳しくは知らないのだが、どうやら自分で小説などを書いているらしく、その作業を自宅や図書館など俺の知らない場所でやっているようだ。

「さて」

机の前にリュックを置き、俺はパイプ椅子に腰かけた。

気を落ち着けるためにも暇を潰すにも、ちょうどいい。

だれも来ることのない部室をひとりで占有し、ささやかだが贅沢《ぜいたく》な時間を過ごす。

だが五分ほど経《た》ったとき、誰かが扉をノックした。

「あ、はい」

珍しい。こんな部室を訪ねてくる人物がいるとは。

教師だと気まずいのでゲームをしていたスマホを咄嗟《とっさ》に隠してから、扉を開けた。

「こんにちは。ここは、文芸部で合っていますか？」

そこに立っていたのは、笑顔の彩夜だった。

ある意味、一番予想と違う人物がそこにいた。

「え、彩夜ちゃん？　なんで……」

「もちろん、入部希望です」

ぽかんとする俺に、彩夜は笑顔で入部届用紙を差し出した。

第五話　三人、ときどき二人の日常　その1

「あの……一心さん？　どうかしましたか？」

文芸部の部室の入口で一瞬固まっていた俺は、ふと我に返った。

「あ、いや。ちょっとびっくりしちゃって……すごい、偶然だね」

「はい、そうですね」

だがそう言うわりに、彩夜に驚いた様子はない。

「もしかして……俺がここにいること、知ってた？」

「実は、はい。さっき先生に文芸部のことを尋ねたら、教えてくれたので」

「ああ、そういうことか……」

ひとまず状況は理解した。

俺は改めて、幼なじみの妹ではなく、文芸部の入部希望の一年生へと向き合った。

「つまり彩夜ちゃんは、普通に真面目に文芸部に興味がある……んだよね？」

「え？　はい、そうですけど……一心さんは違うんですか？」

「いやぁ……実はちょっと、複雑で」

誠実な入部希望者に自分が幽霊部員だと白状するのは、すこし気が咎《とが》めた。

とりあえず彩夜を部室に招き入れる。

「他の部員の方は、まだいらしてないんですか？」

「というか他に部員がいなくて……。いや、正確にはあと一人だけいるんだけど、ほとんど来てなくて。まあ、俺も人のことは言えないけど……」

「そうなんですね。じゃあ、遠慮なくお邪魔しちゃいます」

彩夜は声を弾ませ、がらんとした部屋を見渡す。その視線が本棚に止まった。

「一心《いっしん》さん。ここの本は読んでいいんですか？」

「もちろん」

「やった」

彩夜はまるで洋菓子店のショーケースの中のスイーツを眺めるように、本棚を物色し始めた。しばらくして、一冊の本を手に取る。

するとそれを持って、広い部屋のなかで俺の横に腰を下ろした。

「な、なんで隣に？」

「べつに、好きなところでいいじゃないですか」

彩夜は楽しげに言い、すんなりと本に集中し始めた。

ちらり、と彩夜の横顔を盗み見る。

真剣な眼差《まなざ》しと、小さな息遣い。

本の世界にのめり込む文学少女に、俺は思わず見惚《みと》れてしまった。

俺にとって、彩夜は未知の塊だ。

同じ姉妹でも、あれもこれも知った仲の真昼《まひる》とは、まったく違う少女。

彼女が何を考えているのか、正直なところわからなかった。

俺がひとりで悶々《もんもん》としていると、ポケットに仕舞っていたスマホが震えた。

「あ、そろそろ行かないと」

「誰からですか？」

「真昼だよ。委員会、終わったって」

「そうですか。じゃあ、私が帰るときに戸締まりしておきますね」

「ありがとう。じゃあ……また後で」

俺を見送るようにして、彩夜が立ち上がった。

「一心さん」

「あ、なに？」

「ここでは、家とちがってふたりきりですね」

彩夜がにっこりと微笑《ほほえ》んだ。

その言葉と笑顔は不意打ちで、俺は息を呑んでしまった。

「あ、ああ……」

その言葉にどんな意味があったのか、わからない。

ただそのときから、俺と真昼と彩夜の三人の生活の間に、ときどき二人だけの時間が生じることになった。

＊

昼休み直前になって、俺はその日最大の失策に気付いた。

「やっぱ、弁当忘れた……」

今朝は少し家を出るのが遅れてドタバタとしていた。そのせいで、自分の分の弁当箱をリュックに入れるのを忘れて登校してしまったらしい。

道理でリュックが軽いわけだ。途中で気付かない自分の愚かさが忌々《いまいま》しい。

「え、一心お弁当忘れたの？」

昼時、学食に行こうか迷っていると、真昼が目を丸くしていた。

「自分で作ったお弁当忘れるなんて……」

「うっかりしてたんだよ。はぁ……しくった」

こう見えて、いつも三人の弁当を作っているのは俺だ。

昔から親が不在がちということもあって、自炊は自然と身に付いた習慣だった。

「じゃあ、特別にわたしの分けてあげる」

「え？　いや、いいってべつに」

「遠慮しないの。作った本人だけ食べれないなんて理不尽でしょ？」

「そりゃあ、まぁ……」

「あ、お姉ちゃん」

そのとき教室の入口に、弁当箱を手にした彩夜《さや》が現れた。

「あれ、彩夜ちゃん？　どうして」

「今日一緒に中庭でお昼食べようって、さっき話してたんだ。あ、彩夜、あのね一心がお弁当を――」

真昼から話を聞いた彩夜は、同じく目をぱちくりとさせていた。

「それじゃあ、一心さんに私とお姉ちゃんのお弁当をおすそ分けしましょう」

話を聞いた彩夜は、姉と同じ提案をした。

＊

中庭に移動し、弁当を食べることにした。

女子ふたりに男子ひとりという組み合わせが、どことなく周囲の視線を集めている気がして気まずい。

「彩夜、あーん」

だが俺の杞憂《きゆう》など知る由《よし》もなく、真昼が彩夜に玉子焼きを差し出す。

ぱくりと口にした彩夜は、頬をほころばせた。それしても二人は仲がいい。

「美味《おい》しい？」

「うん。一心さん、美味しいです」

「あ、ああ。ありがとう……」

「一心さんの分も、ちゃんと分けないとですね」

俺は弁当箱の蓋を皿代わりにして、二人からおかずを取り分けてもらう。

「お肉と野菜と……あ、トマトとアスパラ、どっちがいいですか？」

「まあ、どっちでも」

すると彩夜は、アスパラを掴《つか》んだ箸を、なぜか直接俺の顔の方に向けていた。

「……えっと、彩夜ちゃん？」

「はい、どうぞ」

「どうぞ？　いや、ここに置いてくれれば……」

「いえ、このままどうぞ」

「な、なんで？」

「彩夜、優しいね。ほら一心、照れてないで」

「いや、そう言われても……」

「あー、一心もしかしてまだアスパラ嫌いなの？　駄目だよ」

「好き嫌いはだめですよ、一心さん」

そんな子供のような理由ではなく、べつの意味でためらいがある。

だが俺が食うまで、彩夜が箸を引く様子はない。

意を決して、俺は彩夜の差し出したアスパラを口に含んだ。

「美味しいですか？　……って、一心さんが作ってくれたんだからわかりますよね」

「あ、ああ……」

俺は頷《うなず》きながらも、正直なところ味どころではない。

顔の熱さを感じながら、もう二度と弁当は忘れまいと心に誓った。

＊

入部以降、彩夜は文芸部にいつくようになった。

どうやら幽霊部員の俺とは違い、真面目に部活動に勤《いそ》しんでいるらしい。

その日も部室に足を運ぶと、彩夜が本棚を整理していた。

「一心さん。この部室、とてもいい本が揃《そろ》っていますね」

「そう？」

「はい、本を好きな方が選んだんだなって、わかります」

「へぇ……確か、先輩が選んだものらしいけど」

もうひとりの幽霊部員の三年生の先輩のことだ。まだ今よりは部室に来ていた去年のはじめ、熱心に部室に本を運んでいる姿を見かけたことがある。

ただ漫画以外ほとんど本を読まない俺にとっては、どの本がどういう名作なのかは、よくわからなかった。

また別の日も、彩夜が先に来ていた。

だが部室に入ってすぐ、俺は動けなくなった。

彩夜が長机に突っ伏して、静かに寝息を立てていたからだ。

「彩夜ちゃん？」

本を読みにきて、そのまま眠ってしまったのかもしれない。

茜色《あかねいろ》に染まる部室。どこからか響いてくる吹奏楽部の演奏に交じり、グラウンドの方からは運動部の掛け声が聞こえてくる。

ふたりだけの放課後の部室で、女の子が無防備に微《かす》かな寝息を立てている。

幻想的な光景に吸い込まれるように、俺はゆっくりと彩夜に近づいた。

「寝てる……よな？」

健やかな彩夜の横顔に確認するように尋ねる。

返答は、ない。やはり眠っているらしい。

起こすのも憚《はばか》られたので、俺はとりあえず椅子に腰かけた。

こうして見ると、やはり真昼によく似ている。

家では髪の長さや服装が違うので間違えることはないが、同じような恰好《かっこう》をされたら後ろ姿ではもしかしたら間違えてしまうかもしれない。

ふと、彩夜の髪飾りが日光にきらりと反射した。

そういえば前に、真昼が姉妹でお揃いのものを着けていると言っていた。

そのとき、開けっ放しだった窓から、風が吹き込んだ。

風に乗って白い花びらが舞い込み、彩夜の髪にかかった。

彩夜はまだ起きる様子がない。

しばらくどうするか迷った挙句、俺は彩夜の頭に手を伸ばした。

髪に触れないよう、指先でそっと花びらをつまみ上げる。

「──優しいですね、一心《いっしん》さん」

ぱちり、と至近距離で彩夜が目を開けた。

悪戯《いたずら》めいた微笑。

ぎょっとして、飛びのくようにして彩夜から離れた。

「お、起きてたの⁉」

「いいえ、ちょうど今、目が覚めただけです」

「ほ、ほんとに……？」

「はい。一心さんが私になにかしてくれるのかな、なんて期待はしていませんよ？」

「なにもしないから……！　するわけないでしょ！」

「ふふっ、冗談です♪」

たじたじになっている俺を前に、彩夜は楽しそうに微笑んだ。

朗らかな様子にひとまずほっとする。

胸の動悸《どうき》が激しいのは、ただ驚いただけだ。それ以外のものではない。

決して、彩夜の愛らしさにどぎまぎしているわけではないと、俺は誰にともなく心の中で弁解していた。

＊

「一心さん、今日はこのあとお買い物ですよね？」

ある日の帰り道。

俺は真昼《まひる》と彩夜と一緒に歩きながら、スマホでスーパーのセール情報を確認していた。

「ああ、うん。帰り、いつものスーパー寄ってくつもりだけど」

「今日は一心なに作ってくれるのかなぁ。楽しみ♪」

食事当番じゃない日の真昼はテンションが高いな、と考えていたときだった。

目の前を横切るように、道端に一匹の猫が現れた。

まんまるとした茶トラ猫。

「わっ、猫ちゃんですよ！」

「ほんとだ～！　一心、見て見て！」

「あー……そうだな……」

彩夜と真昼が無邪気に猫に近づく。

一方の俺は、猫よりも卵一パック三十円（売り切れ御免）という情報に意識が奪われていた。

「もー、リアクションうすいなぁ。こんなに可愛《かわい》いのに」

「一心さん、安売り情報には敏感ですもんね」

ふたりがおもむろに猫に近づき始めたので、俺はようやく目を向けた。

「あ、彩夜ちゃん。一応気をつけた方が……」

「大丈夫ですよ、ほら」

猫の方も人馴れしているのか好奇心が強いのか、逃げ出すこともなかった。

スカートを押さえてしゃがみこんだ彩夜が、そっと猫の頭を撫《な》でる。

「わーもふもふです。かわいい♪」

「あーわたしもやりたい！　もふもふー♪」

「ほら、一心さんもチャンスですよ」

彩夜と真昼に促され、俺もおずおずと近づく。

だがその途端、猫の態度が豹変《ひょうへん》。牙を剝《む》いて甲高く鳴いた。

「……いや、やっぱり俺は遠慮しとくよ」

「猫、嫌いなんですか？」

「というか、なんか引っかかれそうだし」

「そんなことないと思うけどなぁ。ねぇ、彩夜《さや》？」

「うん。一心さん、大丈夫ですよ。こんなに大人しそうじゃないですか」

真昼と彩夜が交互に喉元を撫でると、猫は気持ちよさそうに目を閉じた。

もしかしたらこの猫は、ちゃんと媚《こ》びる相手を選んでいるのかもしれない。

彩夜はスマホを取り出し、猫をあらゆる角度から撮り始めた。

「こういう猫ちゃん見てると、顔がにやけちゃいませんか？」

「さすがにそこまでは……ないかな」

「そうですか……」

どこか残念そうな彩夜には悪いが、俺にとってはただの普通の野良猫《のらねこ》だ。

猫が大きく口を開けて、みゃーんと鳴いた。

「わっ、カワイイ……！」

すると彩夜は、軽く握った両手を顔の横に持ってきて、こほんと咳払《せきばら》いした。

何をするのかと思って見つめていると、

「にゃーん」

「ごはっ」

彩夜が猫に向かって、猫風に挨拶を返した。

あまりに無邪気な仕草に、俺は緩みそうになる口を手で覆った。

もし俺がそういうのに弱い性癖を持っていたら、即死していただろう。

「彩夜、もうその子と友達だね」

「うん。この辺りに来たらまた会える気がする。一心さんもせっかくなら――って……どうかしましたか？」

「い、いや……」

彩夜はきょとんとして、狼狽《ろうばい》する俺を見つめた。

「一心さん、猫ちゃん……好きじゃないんですか？　こんなに可愛いのに……」

「いや、か、可愛いのは十分にわかったから」

「そうですよね♪　わかってもらえたなら、なによりです」

彩夜が満足そうに微笑《ほほえ》む。その横で、猫はのんきにあくびをしていた。

「んー……」

＊

その日、放課後に部室へ行くと、彩夜が長机の前に座って唸《うな》っていた。

「彩夜ちゃん、どうかしたの？」

「あ、一心さん。ちょっと文芸部のこれからの予定について考えていて」

「予定……？　なんの」

「部活動のですけど」

「あ、ああ。なるほど」

完全に自分が文芸部という自覚のない俺は、ワンテンポ遅れて理解した。

「顧問の先生にお聞きしたら、自主性を尊重するので自由にしていいと言われました」

「まあそうだろうな……」

うちの文芸部の顧問は、学校で最古参の古典の教師（齢《よわい》還暦過ぎ）だ。

非常におおらかで、部活動については完全に放任されている。

「でも難しいですね。さっきから色々とアイディアを書いてみているんですが……」

彩夜は広げたノートにつらつらと文字を書いている。

そのとき手が消しゴムを弾いて、机の下に転がった。

「あ、いいよ。取るから」

「すみません」

俺の方に転がってきた消しゴムを拾おうと、机の下にもぐる。

——決してわざとではないということを、先に断っておこう。

顔を上げると、ぴたりと閉じた彩夜の脚が視界に入った。

その光景にぎょっとした俺は、不覚にも机の裏に頭を盛大にぶつけてしまった。

「～～っ！　いって……」

「大丈夫ですか？」

彩夜が慌てて駆け寄ってくる。恥ずかしさと情けなさで顔が熱くなる。

「だ、ダイジョブ」

「でも、たんこぶができているかもしれません。ちょっと見せてください」

「い、いやほんと平気だって」

「だめですよ。頭の怪我《けが》は怖いんですから」

彩夜は心配した様子で、俺の頭に顔を近づけた。

「……はい、大丈夫みたいですね。でも、まだ痛いですよね？」

「ま、まあそのうち引いてくるから……いてて」

「そうだ。一心さん、いい方法がありますよ」

「え？　なに？」

なにか冷やすものでも持っているのかと思って聞くと、なぜか彩夜は再び俺の頭に手を伸ばした。

そしておもむろに、俺の頭を軽くさすった。

「痛いの痛いのー、飛んでけー」

ずどん、と胸を貫かれたような気がした。

「なっ、なにそれ？」

「え、知りませんか？　おまじないです」

「いや……なんていうか、初めてリアルで見たというか、その」

年下の女の子に頭を撫でられている状況と、無垢《むく》すぎるセリフのダブルパンチで、俺の方が顔から火が出そうだった。

もし周りに人がいたら、俺は二度と学校に通えなくなっていたかもしれない。

動揺する俺を彩夜は不思議そうに見つめている。

彩夜は帰国子女なので、もしかしたら感覚がちがうのかもしれない。

「どうですか？　効果ありましたか？」

「ど、どうだろ……。確かに、痛みは消えたかも、だけど」

「わぁ、本当に効くんですね。すごいです！」

彩夜はあくまで無邪気に喜んでいる。

もちろん、痛みが飛んだ理由は他にあるのだが……。

「一心《いっしん》さん、またどこかぶつけたときは、してあげますね♪」

「はは……あ、ありがとう」

俺の頭には、痛みよりも彩夜の手のひらの柔らかな感触が残っていた。

*

校舎一階の廊下。一年の教室の前を通りかかったとき、彩夜の姿を見つけた。

「あれ……」

彩夜が見知らぬ男子生徒と話している。

おそらく同じクラスの一年生だろう。清潔感のある、イケメンに分類されるであろう顔立ち。爽やかな笑顔で彩夜に話しかけている。それだけで俺は状況を察した。

(そりゃあ、人気あるよな)

学年に一人いるかいないかというレベルの容姿に恵まれた彩夜が、男女問わず人目を引きつけることは間違いない。

ただ、曲がりなりにも一緒に暮らしている女の子が、見知らぬ相手と話している姿を見るのは、妙に居心地が悪かった。

　そのまま通り過ぎようとしたとき、彩夜と目が合った。

　その視線がなにかを訴えていた。自然に足が止まる。

「一心さん！　ちょうどいいところに」

「え？」

　突然、彩夜が弾むような足取りで駆け寄ってきた。

「ど、どうかした？」

「いいえ、あの今日の夕ご飯のお買い物のことなんですけど、なにか一緒に買っておいた方がいいものはありますか？」

「え？　あー……いやぁ、特には……」

「そういえばトイレットペーパーがなくなりそうでしたね。私、買っておきます」

「ああ、ありがとう……」

　たいした話題ではなかった。拍子抜けする。

　わざわざ彩夜が話しかけてきたことに疑問を感じていると、先ほどの男子生徒が所在なげにこちらを見ていた。

　男子生徒が口惜しそうに去ってから、彩夜が安心したように胸を撫でおろす。

「あの……どうかしたの？」

「いえ、その……。私、男の人、ちょっと苦手なんです」

「え、そうなの？」

まったく知らなかった。

というか、それには俺も含まれているのではないだろうか？　と急に不安になる。

「あ、もちろん一心さんは平気ですよ？」

「そ、そう。よかった……と言っていいのかな」

「一心さんは、他の人とは違いますから」

なにがどう違うのだろうか。自分自身ではよくわからない。

「でも、ありがとうございました」

「え、なにが？」

「一心さん、私のこと助けてくれたんですよね？　目が合ったとき、通り過ぎないで立ち止まってくれました」

「そんな、大袈裟《おおげさ》だって。まあ、なんか困ってそうだなとは思ったけどさ」

「どうしてわかったんですか？」

「いや、なんかそういう目してたから」

「そうですか……」

彩夜《さや》は神妙にうなずくと、じっと俺の目を見つめ始めた。

「…………なに、か？」

「えっと、一心さんの目を見たら、私も一心さんの考えてることがわかるかもって……」

「ええ？」

「あ、ダメです。ちょっと動かないでください」

彩夜のぱっちりと開いた丸い瞳に、俺の顔が映っている。

「じーっ……」

「さ、彩夜ちゃん……」

背中にじっとりと冷や汗が浮かんでくる。

彩夜は上目遣いで、俺の目を覗《のぞ》き込む。

気恥ずかしさが勝って、まともに彩夜の顔を見られない。

そのとき、予鈴のチャイムが鳴った。

「お、俺もう行かないと。彩夜ちゃんも……」

「あ……ごめんなさい、引き留めてしまって」

「いやべつに。……じゃ、じゃあまた後で」

俺はそそくさとその場から立ち去る。
彩夜のあどけない仕草に、俺は妙に困惑してしまった。
少し歩いてから振り返ると、彩夜がまだ俺の方を見て小さく手を振っていた。
俺も軽く手を上げて応じながら、ふと思う。
彩夜はいったい俺の心を、どんな風に読んだのだろうか、と。

第六話　三人、ときどき二人の日常　その2

「ねぇねぇ一心、このあと映画でも観《み》に行かない？」

ある日の放課後、帰り道で真昼《まひる》がそんな提案をした。

「駅前のビルに新しくできた映画館、オープン記念で料金が安いんだ」

「へえ……知らなかった」

「どう？　前から一緒に行きたいなって思ってて」

真昼のなにげない言葉にどきりとした。

ひょっとして、これはチャンスなのでは？

映画館、暗い空間、初めてのデート――そんなイメージを連想したとき、真昼が後ろを振り返った。

「彩夜も、この前から観たいのあるって言ってたでしょ？」

そこには、共に下校をしていた彩夜の姿があった。

膨らみかけていた淡い願望が、あっさりと崩れ去る。

三人、か……。冷静に考えれば、仕方のない展開かもしれないが。

「あ、一心さんは、なにか観たいのありますか？」

「え、ああ……。ふたりに、任せるよ。好きなの選んでくれれば」

「本当ですか？　ありがとうございます♪　私、すごく楽しみです！」

満面の笑みの彩夜を連れて、俺たちはそのまま映画館へと向かった。

＊

彩夜が観たいと言っていたのは、ゾンビとサメが豪華客船を舞台に戦うパニックホラー映画だった。予想外のチョイスに面食らったが、意外にも世間では人気があるらしく、チケット売り場の近くには公開に合わせてグッズも売られていた。

シアターに入り、左から彩夜、俺、真昼の順番に並んで座る。

最初はそれほど期待せずに観始めた俺も、意外とすぐに作品に引き込まれた。

チェーンソーを操るゾンビが、二つ頭の巨大ザメにジャイアントスイングをかましている。シリアスなのかふざけているのかわからないシーンに俺は苦笑いした。

ちらりと横目で真昼を見る。

真昼は楽しそうにスクリーンに目を向けていた。

その様子を見て、俺はなぜか、ほんの少しの落胆を感じてしまった。

デートだの、何かがあるかもしれないだのと、一瞬でも期待したのは俺だけだったのかもしれない。

暗澹《あんたん》たる気持ちを忘れようと、俺も映画に集中しようとした。

その直後、右手に柔らかな感触が重ねられた。

真昼の左手が、俺の手を上から握っていた。

（真昼……？）

真昼はあくまで視線はスクリーンに固定している。

暗くてはっきりとはわからないが、どこか緊張しているようにも見えた。

手のひらの感触と体温に、脈拍が速まるのを感じる。

はっとする。

もしかして……真昼も、俺と同じように──

映画の内容が頭から抜けようとしたとき、巨大ザメが街中でゾンビの群れを薙《な》ぎ払《はら》った。

大音量とともにゾンビたちがバラバラになる。

その直後、俺の左肩に重みが加わった。

「ひゃっ……！」

「⁉」

隣の彩夜が、俺の肩に抱きつくようにして頭を預けた。

思わず上げそうになった声を、ぎりぎりで呑《の》み込む。

どことなく、身体《からだ》が震えているような気がした。確かにショッキングなシーンだが、俺にとってはこの状況の方が衝撃だった。

右手には真昼が。

左肩には彩夜が。

どちらも、振り払うことなどできるはずもない。

それからしばらくの間、俺はふたりの少女の狭間《はざま》で固まっていた。

映画が終わり、俺たちはシアターを後にした。

「いやー面白かったね！」

「あ、ああ……」

「一心《いっしん》、もしかして微妙だった？」

「いやそんなことは、全然……」

正直、途中から映画の内容はあまり入ってこなかった。

真昼は手を握っていたことについては、特に触れようとはしなかった。

だが、むしろ俺はほっとしていた。

反対側で彩夜に寄りかかられていたことが妙に気まずかったからだ。

映画館の出口で、彩夜が後ろから俺の服の裾を引っ張った。

「──あの、一心さん」

「あ、なに？」

「ごめんなさい……。途中ちょっと怖くて、一心さんにしがみついちゃって……」

「あ、ああ……。いいよ別に、それくらい」

「嫌じゃ……なかったですか？」

「もちろん」

「あぁ……よかったです」

彩夜はほっとしたように胸を撫でおろす。

「そういえば、最後のシーンで主人公ゾンビがあのライバルザメを助けたのは意外だったな。ベタといえばベタだけど、正直ちょっとジーンときたよ」

「ふふっ、一心さんて、純粋ですね」

「え、そう？」

「はい。色々な意味で」

彩夜は妙に嬉《うれ》しそうに微笑《ほほえ》んでいた。

＊

「そういえば、この前の猫ちゃんとまた会えたんですよ」

部室で本棚の整理をしていた彩夜が、思い出したように言った。

「それって、この前の帰り道の？」

「はい」

彩夜がいたく気に入っていた野良猫《のらねこ》だ。

だが俺にとっては、当の猫よりも、それを真似《まね》た彩夜の方が印象に残っている。

「なので、今度はたくさん写真撮ってきました」

「この前もだいぶ撮ってた気がしたけど……」

「いいえ、全然もっといっぱいです。ぜひ一心さんにも見てほしくて」

彩夜はスマホを取り出し、俺の隣に腰を下ろした。

スマホに映し出されたのは、あらゆる角度から撮影された猫のポートレート。

アングルもさることながら、実に様々な猫の表情が写真に収まっていた。

彩夜の被写体への愛情が窺《うかが》える。それは一向に構わないのだが——

すぐ間近に、彩夜《さや》の横顔がある。

色白の肌。さらりと揺れる黒髪。未知の香りが鼻孔をくすぐる。

（彩夜ちゃん、距離近いよな……）

きっと俺のことを異性として意識していないからだろう。

しかし、当然といえば当然だ。俺は彩夜にとって、姉の幼なじみであり、今は同じ家で暮らしている同居人なのだから。

とん、と肩が触れた。

だが彩夜は特に気にする様子もなく、猫の魅力を語り続けている。

「あ、そうだ一心さん。せっかくなのでこの写真、一心さんにも送りますね。ぜひ、待ち受けにしてください」

「はは……ありがと」

俺は苦笑しながら頷《うなず》いた。

彩夜はすぐにスマホから、あの写真をまとめて送ってきた。

そこには実に百枚以上の写真が収められていた。

「どれがいいです？　私のオススメはですね……」

彩夜の言葉を聞きながら、写真をひたすらスクロールしていく。

その途中、唐突に予想外のものが目に飛び込んできた。

制服姿の彩夜が写っている写真だった。

背景は明らかにうちの部屋だった。カメラの方を覗《のぞ》き込んでいる。アングル的に自撮り写真だ。制服が届いたときに、記念に撮ったのかもしれない。

「一心さん？　どうかしたんですか？」

俺は咄嗟《とっさ》にスマホの画面を隠した。

「え？　あー……いや、なんでも」

「もう、ちゃんと見てくださいね」

べつの写真が混在していることに、彩夜は気づいていない。

促され、俺はもう一度スマホの画面を開く。

すばやく指で写真を送っていくと、ぎょっとした。

今度は、彩夜の顔がアップで写っていた。

さきほどと同じく制服姿で、前髪をいじっている。

さらに次の写真は、髪型が変わっており、ポニーテールにしていた。

それから何枚か、少しずつ髪型や角度がちがう彩夜の写真が続く。

おそらく本人は確認のために撮っただけなのだろうが、その一枚一枚が、まるで雑誌の読者モデルのような魅力にあふれていた。

その愛らしさ、華やかさに、つい目を奪われてしまう。

「写真、どれがいいですか？」

「え⁉ ど、どれも……いいんじゃない、かな」

「本当ですか？ ふふっ、たくさん撮っておいた甲斐《かい》がありました♪」

上機嫌な彩夜は、自撮り写真を送ってしまったことには気づいていないようだ。

それを指摘すれば彩夜に恥をかかせてしまう。黙っていなくては。

「あの、一心さん」

「な、なに？」

「写真、もっと欲しいときは、いつでも言ってくださいね？」

それはあくまで猫の写真のことだ、と俺は信じるほかなかった。

＊

放課後、例によって俺と彩夜は文芸部の部室にいた。

といっても特に明確な活動目的があるわけでもなく、なんとなく雑談の流れになっていたときのことだった。

「え、この学校って屋上に行けるんですか？」

彩夜が興味津々《きょうみしんしん》に目を輝かせた。

「あれ、まだ行ったことなかったの？」

「はい。向こうの学校にはそういう場所がなかったので……」

彩夜は真昼《まひる》と同じく帰国子女だ。俺にとっては平凡な高校も、彩夜の目には新鮮に映るのかもしれない。

「一心さん。ちょっと今、一緒に行ってみませんか？」

「うん、いいよ」

俺は彩夜を連れて、案内しながら屋上へと向かった。

＊

扉を開けた途端、強い風が吹き込んできた。

日は傾き始めているが、まだ夕方とも言えない半端《はんぱ》な時間帯。

残っている生徒の大半は部活やら委員会の活動のため、屋上に人はいなかった。

「うわっ、今日風強いな」

「はい。でも、気持ちいいです」

彩夜は目を閉じ、胸いっぱいに息を吸う。

広々とした屋上の中心に歩いていき、くるりとその場で回った。

スカートがふわりと広がる。

その可憐《かれん》な仕草に、俺は思わず見惚《みと》れてしまった。

「空が近いですね。今度、お昼に来てみようっと」

彩夜は吹き付ける強風に身を任せたまま、のんびりと空を眺めている。

長い黒髪を耳元で押さえるが、膝丈のスカートは風に翻弄されるがままだ。

それが視界にちらつき、どうしても気になってしまう。

「あの、彩夜ちゃん。風があるから、その……！」

「え、なんですか？」

「いや、だから……！」

風の音が強く、聞こえないのか。

かといって、スカートがめくれて見えそう、などとストレートに忠告するほどの勇気はなかった。

妙な危機感と、時間への焦《あせ》りがつのる。

そのとき、一際《ひときわ》強い突風が屋上に舞い込んだ。

彩夜のスカートが大きく膨らむ。

俺は咄嗟に顔をそらした。

間一髪だった。見てはいけないものを見てしまうところだった。

すると、彩夜がスカートを押さえながら、ようやく戻ってきた。

「本当に風強いですね。そろそろ戻りましょうか」

「あ、ああ……」

俺はぎこちなく頷き、彩夜と一緒に屋上を後にした。扉を閉めると、風の音が一気に小さくなる。

階段を下りている最中も、まだ心臓がどきどきしていた。

「ど、どうだった？」

「はい、素敵な場所ですね。今度、お昼休みに友達と来てみます。でも……今日みたいに風が強い日は、ちょっと注意ですね」

「そうだな。もちろん柵はあるし、ボール遊びとかは禁止だけど――」

答えつつ振り返った俺は、ぎょっとして目を見張った。

彩夜がスカートの裾を、無造作につまみ上げていた。

「ちょ……！　さ、彩夜ちゃん、なにして――」

「はい？」

ゆっくりと、彩夜がそれを持ち上げていく。

丸い膝頭と、まばゆい太ももがあらわになっている。しかも数段下から見上げているため、ますます角度的に際《きわ》どい。

唖然《あぜん》としている俺に気づき、彩夜が首をかしげる。

彩夜はそのままスカートを、その下が見えるまで持ち上げた。

今度ばかりは、目をそらす余裕もなかった。

俺の目に飛び込んできたのは――スカートの下の、体操着のハーフパンツだった。

「こんな風に下穿《は》いていれば大丈夫ですけど……一心《いっしん》さん？」

「………へ？」

「あの、どうかしましたか？」

「い、いや!?　なんにも見て――じゃなくて、そ、そうだね……」

俺は馬鹿か。

女子がスカートの下にそういうものを穿くことくらい、よくあることなのに。いったいなにを焦っているのか。

言葉に詰まっている俺を見て、彩夜はくすりと笑って目を細めた。

「一心さん、ひょっとして……穿いていないと思ったんですか？」

「ち、ちがうから！　べつにそういうんじゃ……」

「ふふっ、そうですか」

彩夜は俺を問い詰めることなく、軽やかな足どりで階段を下りていった。

＊

夜。夕食の片づけをしていると、真昼がソファーの上で大きく伸びをした。

「んん……」

「どうした？」

「あ、うん、なんだかちょっと肩凝っちゃってて……」

真昼は首の付け根のあたりを触りながら眉をひそめた。

すると、なにかぴんと来たように俺の方を見る。

「そうだ、一心。良かったらマッサージしてくれない？」

「は、はぁ？　なんでだよ」

「だって男の子だし力が強いでしょ。たまに彩夜とは、してあげたりしてもらったりしてるんだけど……」

「はい。お姉ちゃん、わたしだとちょっと力弱くて物足りないみたいです」

ちょうど洗い物を終えた彩夜《さや》がやって来る。

ふたりから期待の視線を向けられ、妙に断りづらい空気だった。

「まあ……べつにいいけど」

「ほんと？　ありがとう！　じゃあお願いね」

ソファーに座った真昼の背中側に回り込む。

真昼は今日は髪を小さく束ねていたため、うなじが覗いていた。

安請け合いしたものの、妙に緊張してくる。

いくら幼なじみとはいえ、そう容易《たやす》く身体《からだ》に触れることがあるわけではない。

ましてや、成長した真昼に……。

「一心、まだ？」

「あ、ああ……」

気を取り直して、俺は真昼の肩に手を置いた。

少しずつ、力を込める。指先が柔らかな肌を押しつぶしていく。

正しいやり方がわからず、俺はなんとなく指をぐりぐりと動かした。

「ひゃっ」

途端、真昼が妙に高い声を出した。

「ちょ、ちょっと一心……！　くすぐったいってば……」

「いや、そう言われても……」

「ちょっ……あはは……だ、だめ、もういいから！」

真昼が身体をよじって俺から逃れた。

立ち上がった真昼は、ほんの少し頬に朱が差している。

「ご、ごめん一心……やっぱりその……」

「あ、ああ……べつに……」

先ほどまでとはちがって急にしおらしくなった真昼に、俺も妙に気恥ずかしくなる。

「そ、そうだ！　わたしじゃなくて、彩夜にやってあげてよ」

「え？」

唐突に真昼は妹に矛先を向けた。

ぐいっと背中を押し、彩夜を身代わりのように差し出す。

「ちょっと、お姉ちゃん？」

「彩夜のほうがわたしより肩凝りやすいでしょ？　ほら、こっち来て」

真昼が彩夜をソファーに座らせ、ふたりが俺を振り返った。

「ほら、一心も」

「ごめんなさい、一心さん。あの、もし嫌だったら……」

「ああ、いや……。いいけど」

気を取り直し、今度こそ失敗（?）しないようにと、緊張しながら彩夜の後ろに立つ。

上から見下ろして、ふと気づく。

だぼっとしたティーシャツの上からでもよくわかる、真昼以上の発育の良さ。

俺は素早く、問題の部分から視線をそらした。

肩が凝りやすい原因は、もしかして……。

「一心さん、あの、あんまり気を遣わないでください」

「え? ああ、ごめん。ただ俺も慣れてないだけで……」

もしただのマッサージを変に意識していると思われたら気まずい。

余計なことを考えるな、と俺は邪念を頭から追い払った。

「じゃあ……よろしくお願いします」

「うん。それじゃあ……」

肩に手を置き、ほんの少し力をこめると、彩夜の口から声が洩《も》れる。

「ごめん、痛かった?」

「いいえ、優しすぎてちょっとくすぐったくて。もっと強くしていいですよ？」

「わ、わかった……」

俺は多少の覚悟を決め、さらに力をこめた。

確かに揉《も》んでみると、肩の筋肉がこわばっているような気がする。

「男の人って、やっぱり……んっ……力強いですね」

「ま、まあ。女子よりは」

とにかく無我の境地で指を動かし続け、なんとかマッサージを終えた。

「彩夜、どうだった？　一心のマッサージ」

「うん、気持ちよかったよ。一心さん、ありがとうございます。すごく肩が軽くなった気がします」

「あ、ああ。それはなにより……」

ひとまず任務を無事遂行できたことに、俺は安堵《あんど》する。

「それじゃあ、今度は一心さんの番ですよ？」

「え？」

「マッサージ、私がしてあげます」

「い、いいって俺は別に。そんな肩とか凝ってないし……たぶん」

「一心、遠慮しないでやってもらったら。彩夜、わたしより上手《うま》いんだから」

「そうですよ、遠慮しないでください」

彩夜が生き生きとして、今度は俺を座らせる。

「じゃあ、いきますよ」

後ろに回り込んだ彩夜の細い指が、首筋に押し当てられる。

それが妙にツボだったのか、途端、身体が弛緩《しかん》するような心地よさを感じた。

「どうです？ 私、こう見えてマッサージは得意なんです。お姉ちゃんにもよくしてあげてましたから」

「上手い……と思うよ。たぶん」

「ふふっ、ありがとうございます。やっぱり一心さんの肩もお疲れみたいです」

彩夜の巧みな指使いに、凝り固まった筋肉がほぐされていく。

自分は肩なんて凝らないと思っていたが、どうやらそうでもなかったらしい。

「力加減、どうでしょうか？ 痛くないですか？」

「ああ、全然。もっと強くても大丈夫なくらい」

「わかりました。それじゃあ……ちょっと体重かけますね」

彩夜はそう言い、つま先立ちになって俺の方にもたれかかるようにして、指先に体重を乗せた。

さらに深く筋肉が刺激される。ちょうどいい強さだった。

不覚にも彩夜の上手なマッサージに気を緩めていると――

ぱふっ。

なにかとてつもなく柔らかいものが、俺の頭頂部付近に押し当てられた。

「うぉあ!?」

「あ、ごめんなさい。痛かったですか……?」

「い……や……その」

「ふふっ。一心、意外と痛いの弱いんだね」

真昼《まひる》と彩夜は勘違いして笑っている。

だがむしろ幸いだった。驚いた本当の理由は、口が裂けても言えない。

「またしてほしくなったら、いつでも言ってくださいね?」

だが彩夜はまったく気にした様子もなく微笑《ほほえ》んだ。

本日の学び。

女子に後ろからマッサージをされるときには、注意しなくてはならない。

第七話　雨の日の特等席

その日は、昼頃から天気が急変した。

放課後の昇降口。鈍色の曇り空の下、止《や》みそうにない雨が降り続いている。

「くっそ、しくじった……」

俺は舌打ちしながら空を仰いだ。

以前はこういうときのために置き傘をしていたのだが、盗難や紛失が多く取り締まりが厳しくなり、できなくなったことが災いした。

「一心《いっしん》、傘忘れたの？」

「見たらわかるだろ」

一方、隣に立つ真昼と彩夜はそれぞれ傘を手にしている。

「ご愁傷さま。彩夜は……」

「私はちゃんとあるよ」

「さっすが。彩夜、傘とか忘れたことないもんね」

ぱっと大きめのビニール傘を広げた真昼が、ちらりと俺を横目で見た。

「？　なんだよ」

「……一心が、もし入れてほしいなら、入れてあげてもいいけど」

「え……」

妙にしおらしい真昼の態度で、俺はその意味に気づく。

男女ふたりで相合傘。

ふと周囲を見回すと、ちらほらと同じことをしているカップルの姿があった。

真昼はじっと待つように、地面に視線を落としている。

(いやでも、俺たちだって、付き合ってるわけだし……)

なにもおかしいことではない——はずだ。

「じゃ、じゃあ……頼む」

「あっ、う、うん！　いいよ……」

真昼が俺に近づき、傘を頭上に差す。

至近距離にある真昼の顔は、ほんのりと紅潮しているように見えた。

「か、傘」

「え？」

「俺が持つから、貸せって」

「あ、うん。ありがとう……」

互いにぎくしゃくしながら傘を受け取る。

「ふふっ、お姉ちゃんたち、やっぱり仲良しですね♪」

「さ、彩夜《さや》……！　もう、早く帰ろう」

そそくさと歩き出した真昼につられて、俺たちは学校を後にした。

学校から最寄り駅までの道のりは、歩いて約十五分ほど。緩やかな下り坂を、普段よりもゆっくりとしたペースで歩いていく。

さきほどから、俺と真昼の間には妙な沈黙が流れている。

「そ……そうだ一心！」

「なっ、なんだよ⁉」

急に大きな声で言われ、俺も咄嗟《とっさ》に同じような反応をしてしまう。

「び、びっくりした……。ただ帰りにドラッグストア寄りたい、って言おうとしただけなんだけど……」

「あ、ああ……。い、いいんじゃないか」

俺ががくがくと頷《うなず》いていると、くすっと真昼が噴き出した。

「ううん、べつに。それより傘、もうちょっとこっちに寄せて。あと、ちょっと歩くの速いよ」

「なんだよ？」

「色々注文が多いな……」

「文句言わないの。せっかく入れてあげてるんだから」

「はいはい」

とりとめのないやりとりで、少しずつ、いつもの二人のペースが戻ってくる。

けれど今日の真昼は、いつもより少しだけわがままだった。

＊

数日後。その日もまた、午後から突然の雨に見舞われた。

「よしっ」

だが同じミスをする俺ではない。誇らしい気分で、俺は手にした傘を広げた。

「一心さん、あの……」

ふと、隣にいた彩夜が困った様子で俺に声をかけた。

「あれ、彩夜ちゃん、もしかして傘忘れたの？」

「はい。今日に限ってうっかりしちゃいまして」

しっかり者の彩夜にも、やはりそういう日はあるらしい。

ちなみに今日は真昼がまた委員会でいないので、下校は彩夜とふたりだ。

「あの、入れてもらってもいいでしょうか……？」

「ああ、もちろん。こういうときはお互い様だし」

以前の真昼のときのように、俺たちは並んで通学路を歩き出した。

それにしても、誰かと一つの傘で歩くのは結構大変だ。

当然だが密着するくらい近づかないと、どちらかの肩がはみ出てしまう。歩調も歩幅も相手に合わせなければいけない。

彩夜の方に傘を寄せようとしたとき、ふと肩がぶつかった。

「あ、ごめん」

「いえ。それよりも、一心さんの肩濡《ぬ》れちゃうんじゃ……」

「いいって、これくらい」

もし俺のせいで風邪を引かれたりしたら申し訳ない。

しだいに雨足が強くなり始める。先日よりも風が強く、傘が煽《あお》られてしまう。

「ちょっ、風が……このっ」

「それじゃあ、こうしましょうか？」

「え？」

傘の柄を握った俺の手に、彩夜が上から手を重ねた。

その指の冷たさ。けれど俺が驚いたのは、その行為そのものだった。

「これなら、すこし安定しますよね？」

「あ……ありが、とう……」

周りを見渡せば、カップルらしき男女の姿がちらほらと見える。

真昼とは恋人同士だが、彩夜とは当然ちがう。

手を握るのはさすがにまずいのでは……と心配になるが、彩夜の方は特に気にした様子もない。善意で支えてくれているのを無下にするのも気が咎《とが》める。

変に意識するな。堂々としていればいい。

だが動揺するなと思うほど身体《からだ》は緊張し、ますます動きはぎこちなくなる。

「一心さんの手、ごつごつしてて、おっきいですね」

「そ、そう？」

「はい、とっても頼もしいです。それになんだか……──します」

「え？　なに？」

傘に打ち付ける雨音と風でよく聞こえなかった。

するとぴたり、と彩夜が肩を密着させた。

「こうしてくっついてる方が、風に飛ばされないですよね？」

現実の雨風よりも激しい波乱が、俺の平常心をかき乱していた。

駅に着くのがこれほど待ち遠しいと思ったことはない。

「雨の日も、悪くないですね」

「そ、そう？」

「はい。今日も、ちゃんと素敵なことがありましたから」

「へぇ……そうなんだ」

いったい彩夜にどんな嬉《うれ》しい出来事があったのか。

上機嫌な横顔だけから推察することは、俺には難しかった。

第八話　三人、ときどき二人の日常　その3

「一心さん、私なりにこれからの活動予定を考えてみました」

その日、俺が文芸部の部室に足を運ぶと、開口一番に彩夜が言った。

「へえ……そうなんだ」

「反応が薄くて、ちょっと悲しいです……」

「ご、ごめん！　いや、正直そんなことまでしてくれるとは思ってなくて」

「先生にも相談したところ、すごく歓迎されました」

学校で最古参の教師の、髭《ひげ》を蓄えた温和な顔を思い浮かべる。確かにあの先生なら、猫の写真を撮るのが活動だと言っても首を縦に振ってくれる気がする。

「とりあえず、私も一心さんも創作はできないので、まずは沢山読書をしましょう」

「まあ、確かに。文芸部だもんな」

「ただ、私はもうここにある本は、すでに読んでしまいました」

「え？」

彩夜の言葉に唖然《あぜん》とした。

彼女がこの部室に入り浸るようになって、まだ二週間ほどだ。

確かに部室にいるときは決まって本を真面目に読んでいたし、よく家にも持ち帰っているようだったが、まさかそこまで熱心な読書家だったとは。

「そういえば、この学校の図書室にはどういう本があるんですか？」

「？　さあ……」

「さあって……一心《いっしん》さん、行ったことないんですか？」

「まあ、その、あまり」

「わかりました。それじゃあ、ちょっと見にいきませんか？」

……という彩夜の誘いで、俺たちは図書室に足を運ぶことになった。

「結構充実してますね」

書架の間をゆっくりと歩く彩夜の声は弾んでいる。

その姿を見て、本当に本が好きなのだと感じた。

それに比べて俺は、自主的に本を借りに来たことは一度もなかった。

俺ももうすこし真面目に活動しないと彩夜に面目が立たないだろう。

そんなことをぼんやりと考えていると、ふと彩夜に呼ばれた。

「一心さん、ちょっと」

ちょんちょん、と彩夜が俺の肩を叩《たた》き、続いて書架の一番上を指さす。

どうやらそこの本を取りたいらしい。だが彩夜の身長では届かない高さにある。俺が手を伸ばしても、指先がぎりぎり届くか届かないかくらいだ。

「ああ、ちょっと待って。どっかにあれが……あ、あった」

俺は近くにあった小型の脚立《きゃたつ》を引っ張ってきた。

彩夜が礼を言い、脚立に片足を乗せる。

「一心さん、すみません。ちょっと、押さえててもらっていいですか？」

「ああ、もちろん」

ぐらつく心配はないと思ったが、念のため脚立の脚に手を伸ばそうとすると、

「あの、そっちじゃなくて、私の方を」

「え……」

彩夜が、自分の腰を指さす。

一瞬、俺は固まってしまった。

「いや、でも……」

「ちょっと怖くて……お願いします」

彩夜《さや》の声のトーンには不安が滲《にじ》んでいた。

身体に触れるのは少し気が咎めたが、変に意識しすぎるのもよくない。俺は頷《うなず》き、彩夜の背後に回った。背中とスカートが視界に入る。

ほっそりとした腰つき。触れたら壊れそうな危うさがあった。

「じゃあ……いくよ」

一言かけ、後ろから彩夜の腰に手を伸ばす。

決して余計な部分に触れないよう気をつけ、やんわりとその身体を支えた。

「ありがとうございます。よいしょっと……」

彩夜が本棚に手を伸ばす。

高さは十分だったが、彩夜の目当ては、棚の一番端にある本だったらしい。

彩夜が身体を傾け、まっすぐ腕を伸ばした。

少し、危ない気がする。

俺は咄嗟《とっさ》に、ぐっと彩夜の腰を押さえる手に力を込めた。

「んっ……」

彩夜の口から、どこか場違いな甘い声が洩《も》れた。

驚いた俺は咄嗟に手を緩めたが、それが悪手だった。

直後、彩夜の身体がぐらりとよろめく。

「きゃっ」

彩夜がバランスを崩す。俺は腕を拡《ひろ》げてその身体を受け止めた。勢いで後ろの本棚に背中を軽くぶつける。

「だ、大丈夫!? ごめん急に離して――」

反射的に彩夜に謝りかけた俺は、そのまま硬直した。

俺の腕に抱かれるようにして、彩夜が華奢《きゃしゃ》な身体を預けている。

鼻先にある黒髪。かぐわしい香り。触れた肌から伝わる体温。

彩夜は俺の胸に手を添えながら、ほんのりと桜色に染まった顔を覗《のぞ》かせた。

「ありがとうございます……一心さん」

この距離は、非常にまずい。

意識してはいけないのに、吸い寄せられるような魔力があった。

「ご、ごめん」

咄嗟に肩を摑《つか》んで、彩夜の身体を引き離した。

「どうして、一心さんが謝るんですか?」

「いや……その……。俺がちゃんと押さえてなかったからで……」

「いいえ、私が無理に取ろうとしたせいです。ありがとうございます」

彩夜はあくまで落ち着いていた。

それに対して、俺の心臓はしばらく速いペースで脈打っていた。

＊

ホームに発車を告げるアナウンスが響き渡る。

「やばっ、真昼《まひる》！　彩夜ちゃん！」

「ちょ、ちょっと待って。彩夜、無理しないでいいからね」

「大丈夫、これ乗らないと遅刻しちゃうよ」

真昼が遅れていた彩夜に歩調を合わせ、なんとかぎりぎりで電車に乗り込む。

直後ドアが閉まり、電車がゆっくりと動き出した。

「セーフ……」

「ふぅ……なんとか、間に合いましたね」

彩夜はほっと一息つくと、軽く咳込《せきこ》んだ。

「ちょっと、彩夜。ほんとに大丈夫？」

「う、うん」

「彩夜ちゃん、どうかしたの？」

「い、いえ……ちょっと運動不足です。それより今日は、天気いいですね」

「ああ……そうだな」

春の陽気が満ちる四月下旬。電車の窓から見える外は、雲ひとつない快晴だ。

どこまでも青く続く空。なぜか懐《なつ》かしさすら感じる。

「こういうときって、なんだか学校行きたくなくなるね」

「まあ、皆そうだろ」

真昼の言葉に思わず苦笑した。

このままいつも降りる駅を乗り過ごし、遠いどこかまで行く。

電車で通学や通勤をしたことがある人なら、誰しも一度は考えたことがあるだろう。

もちろん実際にやったことはないし、そこまで学校が嫌ではないのだが。

「ね、ほんとにサボっちゃおっか？」

細めた真昼の目には、悪戯《いたずら》な色が輝いている。

「お姉ちゃん、そんなのダメだよ。不良になっちゃうよ」

「ははっ、彩夜ちゃん真面目だな。まあ、確かに無理だけど」

「……でも」

窓の外を見ていた彩夜は視線を戻し、上目遣いで俺を見上げた。

「？」

「一心さんと一緒なら、悪い子になってもいいかなって、ちょっと思いました」

思わず息を呑《の》む。

彩夜の視線には不思議な魔力があった。つい首を縦に振りたくなるような。

「確かに。一心と一緒なら、怒られても一心のせいにできるもんね」

「おい、お前なぁ……」

「ふふっ、冗談ですよ。ね、お姉ちゃん」

「そう？」

「ったく……」

一瞬焦《あせ》ったが、ほっとする。思ったよりも彩夜は人をからかうのが好きらしい。

そのまましばらく車両に揺られていると、数駅先で人が一気に乗り込んできた。

人の波に押され、固まっていた俺たちは窓際《まどぎわ》に追い込まれる。

「今日、やけに多いね……」

「前の電車が遅れてたみたいです。次の駅も混んでそうですね」

「ついてないな……」

彩夜の予測通り、一駅先でさらに乗客が増えた。

固まっていると乗り降りする人の邪魔になるため、咄嗟に俺と彩夜、そして真昼がドアの両脇に分かれる。

そのまま乗客が大勢乗り込んできたため、分断されてしまった。

俺はドアを背にした彩夜を押しつぶさないよう、窓に手をついて身体《からだ》を支える。

人ごみの向こうにいる真昼の方を見る余裕すらない。

ふと、彩夜の顔が間近にあった。

至近距離で目が合い、咄嗟にそらす。

気まずい沈黙が横たわる。

その直後、電車がやや強めに揺れた。周りの乗客が一斉に傾く。

「きゃっ……」

彩夜が俺にもたれかかる。

(だ、大丈夫?)

(はい……)

小声で聞くと、彩夜はこくりと頷いた。

ほとんど密着するような状態が、しばらくの間続いた。

不可抗力とはいえ、妙な後ろめたさがあった。

すぐ傍《そば》に真昼がいるのに。

変に意識するな、と自分に言い聞かせる。

制服越しに伝わる身体の感触に心拍数が上昇する。

ふと、近くにいた女子中学生と目が合った。

途端、女子中学生は恥ずかしそうに顔を赤くして目をそらした。傍《はた》から見たら抱き合っている恋人同士のように見えたのかもしれない。

それにつられて、俺もつい耳が熱くなった。

すると、彩夜が指先で俺の制服の袖をつまんだ。

(一心《いっしん》さん)

(なっ、なに?)

(腕、つらくないですか?)

(ああ、大丈夫。これくらい)

(……ありがとうございます)

次の駅で、ようやく乗客が減り、窮地は脱した。

同じように人の波に圧迫されていた真昼が、乱れた前髪を直していた。

「はぁ……もう、やっぱり遅れるといいことないね。ふたりとも平気？」

「うん。一心さんが守ってくれたから」

「ふふっ、そっか」

「ど、どういたしまして……」

わざわざ説明してくれる彩夜を前に、俺は照れくささを必死に隠していた。

＊

とある金曜日の夜。

夕飯のあと、俺はリビングでテレビを見ている真昼に声をかけた。

台所では当番の彩夜が洗い物をしている。

「真昼、このあとの金ムーでやる映画見るから。いいだろ？」

「え、わたしドラマ見たいなぁ」

「だめだ」

「えーなんでー？」

「今日は俺の日だろ、順番的に」

一緒に暮らすにあたって、俺たちは色々とルールを決めていた。

そのうちのひとつが、リビングのテレビの優先権だ。三人平等に、一日ずつルーティーンで権利が渡るようになっている。

法を盾にする俺に真昼は歯噛《はが》みしたが、やがて拝むように両手を合わせた。

いつもの真昼のポーズ。ちらりと片目を開けて、上目遣いで俺を見る。

「お願い！　今日だけだから」

「だめなものはだめだ。ルールだろ」

「……」

真昼はじっと黙り込む。その視線はテーブルの上に置かれたリモコンに向いていた。

なにを考えているかは、一目瞭然だった。

「隙ありっ」

真昼がリモコンをかっさらおうと手を伸ばす。

間髪を容《い》れず俺も反応した。

一瞬早くリモコンを掴んだ真昼の手を上から押さえる。

「させるかっての。ったく、油断も隙も……ん？」

「ちょ、ちょっと一心、手……」

「え？」

俺は勢いあまって、つい真昼の手を強く握りしめてしまっていた。

恥ずかしそうにしている真昼に気づき、咄嗟《とっさ》に手を離した。

「わ、悪ぃ……」

「う、ううん……大丈夫だけど」

「あれ、一心さん。今日はお姉ちゃんに譲ってあげたんですか？」

洗い物を終えた彩夜《さや》が俺たちを見て言った。

「え？　いや……まあ、そう……だな。と、特別だからなっ」

「う、うん。一心！　ありがとね」

結局、その日は三人で同じドラマを見て過ごした。

＊

翌日の夕食後。

今日は昨日とちがい、真昼が後片付け担当で洗い物をしている。

「あ、一心！　このあとわたし見たいやつあるから、チャンネル変えといてね」

台所越しに真昼が言った。

「んー、どうすっかな」

「ちょっとぉ！　今日はわたしの日だよね？　ね！」

「はいはい」

昨日言った手前、ルール通り真昼《まひる》に従って、俺はリモコンを手に取った。

すると、隣にすとんと彩夜が腰を下ろした。

「一心さん、私、どうしても見たい番組があるんですけど……」

「え？　でも……」

「ちょっと彩夜ずるい！　だめだよ、一心！」

「あ、ああ。彩夜ちゃん、ごめん、今日は一応真昼の日だから……」

「お願いです……そこをどうか」

彩夜が両手を胸の前で組み、純粋無垢《むく》な瞳で俺を見つめる。

その手が俺の持ったリモコンに伸び、咄嗟に腕を離して遠ざけた。

「一心さん、観念してください♪」

「さ、彩夜ちゃん？　待った、一旦落ち着こう？」

「もー彩夜、だめだからね。一心、彩夜からリモコン絶対死守してよ～！」

「お姉ちゃんが洗い物終わるまでがチャンスです。一心さん、観念してください」

「そ、そう言われても……」

彩夜が身を乗り出して、俺の握ったリモコンに手を伸ばす。

防御のためにかざした左手を、彩夜が右手で握りしめる。

かよわい非力さに、むしろ俺の方も下手に力が込められない。

「えいっ。えいっ」

「ちょ、だ、だめだって……」

彩夜がソファーに膝を乗せて身を乗り出し、すこしでもリモコンに近づこうとする。

遠慮なく身体を寄せてくるため、自然と胸や太ももが、俺の腕や脚に当たる。

これは──非常によくない。

「私、負けませんよ」

彩夜はあくまで無邪気に微笑《ほほえ》んだ。

きっと自分の身体が男に与える影響を意識していないのだろう。

変なことを考えてはいけない、と自分に言い聞かせるが、ぴたりと肌が密着する感触に、
冷や汗が浮かんでくる。

「さ、彩夜ちゃん、ほんと駄目だから……」

苦し紛れに、俺はリモコンを抱き込むようにして隠した。

が、それはべつの意味で悪手だった。

彩夜が俺の背中に覆いかぶさるようにして、後ろから手を伸ばす。

なにかが背中に押し当てられる。

「ぬぉわ⁉」

たまらず、俺はリモコンを手放した。

「やりました。ゲットです♪」

「もー一心、なにやってるの。脇が甘いんだから」

ようやく片づけ終わった真昼が俺を呆《あき》れ顔《がお》で見下ろしている。

「一心さんは優しいので、手加減してくれたんですよね？」

「そ、そうなんだよ……はは……」

まだ、心臓がばくばくとなっている。それを気取られまいと頰を引きつらせた。

ちなみにその後、真昼が姉らしい厳しさを発揮して、彩夜からリモコンをきっちりと取り返していた。

＊

「一心、わたし今日は委員会あるから先帰ってて。じゃあね！」

「おう」

ホームルーム後、真昼が慌ただしく教室を出ていく。

　真昼は修学旅行の実行委員に入っている。しかもそれ以外にも友人の部活やらなにやらを手伝っているらしい。この行動力の高さは、昔から相変わらずだ。

「ねぇねぇ、一ノ瀬《いちのせ》くんって三ツ葉《みつは》さんと仲いいよねー」

　先に帰ろうとリュックを背負ったとき、近くにいた女子たちに話しかけられた。

「幼なじみなんだっけ？　名前呼びしてるし」

「ああ、うん」

「三ツ葉さんって、彼氏いるのかな」

「！　さ、さあ……」

　俺は咄嗟に誤魔化した。

　俺と真昼が付き合い始めたことは、まだ知られていないらしい。

　ときおり一緒に帰っているのも、幼なじみという関係がカモフラージュになっていた。

　無論、俺と真昼の関係が、実際に彼氏彼女らしい域まで進展していないから、というのもあるだろうが。

「もしかして一ノ瀬くんとそうなのかもーとか思ったけど、そんなわけないよね」

「三ツ葉さん、超美人だもんね」

「ねー」

彩夜がそうであるように、真昼も同級生の女子からそう映るらしい。

「一ノ瀬くんはなんていうか……えっと、親しみやすい感じっていうか、目立つ感じじゃないから、そうだとは思ったんだけど」

「わかるわかる」

「ああ……」

要するに、俺は真昼や彩夜に比べると、普通で地味だということだ。

自分でも否定できる気がしない。が、特に気にはならなかった。

「──ねぇ、ちょっとあれって……」

ふと、女子たちが廊下の方を振り返っていた。

何かと思ってそちらを見て、はっとする。

そこにいたのは彩夜だった。

「あれ一年生？　めっちゃカワイイ……」

どうして彩夜がここに？

彩夜は俺の視線に気づくと、嬉《うれ》しそうに小さく手を振った。

まるで恋人のような仕草に、恥ずかしさを覚える。

「もしかして、一ノ瀬くんの彼女？」

「違うでしょ。めっちゃ美人だし……」

「そっか。じゃあ……もしかして妹さん？」

「違うでしょ。めっちゃ美人だし……」

「あ、あれは真昼の……三ツ葉さんの妹だよ、たしか」

「ああ、そうなんだ。道理で～」

完全に納得した、といった風に頷《うなず》きあう女子たちにそそくさと挨拶し、俺は教室を出て彩夜のもとへと近寄った。

「彩夜ちゃん、どうしたの？」

「あ、お姉ちゃんにちょっと用事があって……」

「惜しい、ついさっき真昼出ちゃったよ。委員会の集まりで」

「そうなんですね。なら仕方ないです」

そこでちらりと教室を振り返ると、まださきほどの女子たちがこちらを眺めていた。

やはり、ずば抜けた美人というのはどこにいても目立つらしい。

もしくは、凡庸な俺との対比が余計にそうさせるのか。

「――一心《いっしん》さん、モテるんですね」

「は？」

いきなりの彩夜の言葉に、俺は面食らった。

「いや、なに言って……。そんなわけないだろ」

「そうでしょうか……」

彩夜はちらちらと教室の女子たちを窺《うかが》っている。

どうやら、俺が彼女たちと話しているところを見ていたらしい。

彩夜は、なぜか少し不満そうに頬を小さく膨らませている。

年相応のあどけない仕草に動揺しつつ、俺は答える。

「ほ、ほんとだって。俺なんか別に全然人気ないし。さっきだって、真昼と比べて普通だよなーって、あの子たちに言われてたばっかりだし」

「え……」

「まあ、そりゃそうだよな。特にモテるわけでもないし、はは……」

俺が情けない作り笑いをしていると、急に彩夜の目つきが鋭くなった。

「そんなことありません」

「……え？」

「あの人たちは、きっと人を見る目がないいんだと思います」

「ど、どうしたの？　急に……」

「一心さんはとても魅力的な男性です。素敵なところが沢山あります。そういう魅力に気付けないのは、人間として目が曇っている証《あかし》です」

彩夜《さや》の言葉には棘《とげ》があった。

いつも落ち着いて物腰穏やかな彩夜にしては珍しい。

「あの……もしかしてだけど……。なんか、怒ってる？」

「え？」

俺が言うと、彩夜がきょとんとした。

「いやなんか、そんな気がしただけで……」

「……そう、かもしれません。少し感情的になってしまいました。ごめんなさい」

「べつに、全然いいんだけど」

珍しいこともあるものだと、新鮮な気分だった。

「でも、ありがとう」

「え……」

「いや、フォローだとしても、彩夜ちゃんが言ってくれたこと嬉しかったよ」

俺が素直に礼を伝えると、彩夜の目が大きくなる。

そして、なぜか顔をそらしてしまった。

「彩夜ちゃん？」

「……やっぱり、私の言ったことは、正しいと思います」

それだけ言い残し、彩夜は足早に立ち去って行った。

最後まで、彩夜がどんな表情をしているのか見ることはできなかった。

第九話　ふたりきりの家で

「あ、そうだ一心。今日は彩夜とふたりきりだから、よろしくね」

とある朝の食卓で、唐突に真昼《まひる》が言った。

その言葉に意識が奪われた俺の箸から、ミニトマトがぽとりと落ちる。

「……なんだって？」

「だから今日の夜、わたし家にいないからって」

「いや、なんでだよ？」

「えへへ～♪　じ・つ・は、クラスの親友とお泊まり会なんだ！　ほら、わたしの前の席の子、知ってるでしょ？　最近仲良くなってさ」

「そりゃ知ってるけど……ってか親友って、お前まだ引っ越してきて一ヶ月とかそこらだろ」

「友情に時間は関係ないの」

「はぁ……」

相変わらず、真昼のコミュ力は異常に高い。

「前から彩夜には話してたんだけど、なかなか日にち決まらなくて。一日くらい、大丈夫だよね？」

「私は平気だよ。気にしないで、お姉ちゃん」

話を聞いていた彩夜は平然としている。

もちろん生活的に一日くらいなんのことはないのだが……。

「あ、それとさ。もし時間あったら、すこし彩夜に勉強教えてあげてくれない？」

「勉強？　どうして」

「もうすぐ中間テストだし……それにほら、わたしたち最近まで海外にいたからさ、微妙に学習範囲とか違ったりして、あんまりちゃんと授業についていけてないんだよね」

「え、そうなの？」

「はい、実は……」

彩夜が申し訳なさそうに頷く。

そういえば、真昼も進級直後の模擬テストで、中ぐらいの成績だった。

昔から勉強がよくできた真昼にしては、と個人的に意外だったのだが、そういう事情があったとは知らなかった。

「そっか。そういうことなら、まあ俺でよければ」

「本当ですか？」

彩夜がぱっと表情を明るくする。

ちょうどいいのかもしれない。

勉強でもしていれば、会話に困ることもなく、時間はすぐに過ぎるだろう。

「一心、そんな顔するってことは……もしかして寂しいの？」

「ち、ちがうっての」

「ふふっ、楽しんできてね、お姉ちゃん」

「ありがとう。あ、でも無理しないでね、なにかあったらすぐ連絡して。約束だよ？」

「もう、心配しすぎだってば。とりあえず、夜電話するね」

「うん」

たかが一晩だ。

心配するようなことは起きるはずがないだろう、と俺は高を括《くく》っていた。

＊

学校から帰宅後。俺は彩夜と台所で夕食の準備をしていた。

彩夜はてきぱきと手際《てぎわ》がよかった。あまり料理はしたことがないとのことだったが、非常に覚えが早い。教えがいもあるというものだ。

「こうして一心さんとお料理していると、色々と勉強になります」

「って言っても、俺もレシピ通り作ってるだけだけどね」

「一心さんのお弁当がいつも美味《おい》しいのは、きっと真心がこもっているからですね」

「はは、ありがとう」

「あ、そうだ一心さん。晩ご飯の後、ひとつお願いごとをしていいでしょうか?」

ふと、彩夜が手を止めて言った。

「いいけど……なに?」

「……一心さんにしか、頼めないことなんです」

妙に真剣な彩夜の眼差《まなざ》しに、どきりとする。

俺はその勢いに呑《の》まれるように、とりあえず頷くことしかできなかった。

＊

夕食を済ませた後、彩夜に部屋に来てほしいと言われた。

彩夜の部屋のドアをノックする。

そういえば、彩夜の部屋に、彼女が越して来てから入るのは初めてだった。

「一心さん、どうぞ入ってください」

「あ、うん」

彩夜が俺を部屋に招き入れる。

すると、ベッドの上に大量の衣服が広げられていた。予想外の光景に面食《めんく》らう。

「えっと、お願いって？」

「実はですね……どの服が似合うか、一心さんの意見を聞かせてほしいんです」

「え、俺が？」

「……はい」

彩夜はすこし恥ずかしそうに俯《うつむ》き、両手の指を絡《から》ませた。

「いやでも、そんなの俺よりも、真昼とかの方がいいんじゃない？　俺、服のセンスとかは全然自信ないし」

「いえ、男性の目線で、どう思うかを知りたくて……」

彩夜の言葉にどきりとした。

それはつまり、誰かに見せるため、ということか。

彩夜の周りにいる男――いったい誰のことだろうか。

「まあ、俺でいいなら協力するけど……」

「本当ですか？　ありがとうございます♪　それじゃあ、後ろ向いていてください」

「へ？」

彩夜がその場で俺の身体《からだ》をくるりと回転させた。

ベッドと反対側、壁の方を向かされる。

「こっちは見ちゃだめですよ？」

まさか、今ここで着替える気だろうか。

「ちょ……さ、彩夜ちゃん？　着替えるなら俺一旦出ていくけど」

「いえ、沢山着替えるので、ここで大丈夫です。何度も出たり入ったりしてもらったら、一心《いっしん》さんに申し訳ないですから」

「いや、でも……」

ぱさり、と何かを脱ぎ去った音が聞こえて、いよいよ俺は動けなくなった。

真後ろから聞こえる、衣擦《きぬず》れの音。

混乱する頭と動揺する心を必死に落ち着かせる。

いや、待て。べつにあられもない姿になっているわけではないかもしれない。

いやいや、しかし、だったら後ろを向く必要もないが……。

「あっ……もう、大丈夫？」

「はい、どうぞ」

「はい」

俺はおそるおそる、後ろを振り返った。

すると、淡い水色のミニワンピース姿の彩夜《さや》がいた。

腰のリボンがウエストの細さを強調し、完璧なシルエットを浮かび上がらせていた。

「どう、でしょうか……？」

「に、似合ってる……と思うよ。すごく」

「本当ですか？　やった」

彩夜が胸の前で両手で小さくガッツポーズをする。

「それじゃあ、次いくので、もう一回お願いします」

「う、うん。了解」

再び背を向ける。後ろでごそごそと着替える音。

少しずつ冷静さを取り戻し、俺は素直に感心していた。

女の子というのは、やはりこれだけ洋服に気を遣うものなのか。

「あ、もうすこし待っていてくださいね」

「うん、ゆっくりでいいよ」

俺は背中を向けたまま答える。今度はやや時間がかかっているらしい。

手持ち無沙汰のまま、目に入る壁際《かべぎわ》を眺めていると、雑貨が並べられたボックスの上に、小さな卓上鏡を見つけた。

(……ん？　ちょっと待てよ)

その瞬間、俺は致命的なことに気づいた。気づいてしまった。

この位置に鏡があるということは——

視線がそこに吸い寄せられる。

鏡にはベッドが映っている。

そこに拡《ひろ》げられた洋服に、彩夜の白い手が伸びる。ぎょっとした。

ダメだ。そっちに寄るんじゃない。

思わず声に出しそうになる。だが彩夜は鏡の存在に気づいていないのか、上機嫌に鼻唄まじりで服を選んでいる。

絶対に映りこまないでくれ、と俺は祈り続ける。

だがその直後、彩夜がベッド端の服を取ろうとして鏡に入り込んできた。

「っ……！」

まばゆい白い身体。ほっそりとした肢体があらわになっている。

ただ見えていたのは、下着ではなく、タンクトップに短パンという部屋着だった。

ほっとしたような、肩透かしを食ったような気分でいると、鏡の中で彩夜がこちらを振り返る。

鏡越しににんまりと目を細め、小さく舌を出した。

「一心さん、こっち見ちゃだめって、言いましたよね？」

あまりの物言いに、俺は言葉を失った。

鏡があることは最初からわかっていたようだ。

「み、見ないって！」

「これ以上は脱がないので、安心してください♪」

奔放な彩夜を前に、俺の背中には冷や汗がたっぷりと浮かんでいた。

第十話　逃げ場のないバスルーム

彩夜が自分は後からでいいと言ったので、俺は普段よりも早めに風呂《ふろ》に入っていた。

浴室内には、女性もののシャンプーやリンスのボトルが大量に並べられており、俺が元々使っていた安物は隅に追いやられている。

こういった変化も今や日常の光景だ。しかし——

「なんか、調子狂うな……」

三人の生活に慣れたからこそ、彩夜とふたりだけの状況に緊張する自分がいた。

しかもここ最近、なぜか真昼《まひる》よりも彩夜と親密になっている気がしないでもない。

もちろん、それ以上の意味はないのだが……。

「俺、真昼と付き合ってるんだよな」

あの告白から、まだ目立った進展はない。

人生で初めての彼女ということもあり、どう進めていけばいいのかわからず、結局のところ、まだ幼なじみという関係に甘んじている。

ようやく七年ぶりに再会して、その上、彼氏彼女にまでなれたのに。

ともかく、彩夜のことはなるべく意識しないようにしなければ。

そう自分に言い聞かせて、俺はシャワーで頭を洗い流した。

ふと、浴室の外から足音がした。

「――一心さん、ちょっといいですか？」

びくっと俺は身体を震わせ、シャワーを止めた。

バスルームの戸の曇りガラス越しに、彩夜のシルエットが見える。

「彩夜ちゃん？　ど、どうしたの？」

「あの、ボディソープが切れそうだから買っておいたんですけど、詰め替えるのを忘れてしまって……」

言われてボトルに手を伸ばすと、確かに中身が空だった。

「ああ、ないみたいだ」

「やっぱり……あの、今持ってきたのでお渡ししますね」

「うん、わざわざありがとう」

彩夜は気が利《き》くいい子だった。

「ごめんなさい。それじゃあ……失礼しますね」

からり、と戸が開かれる。

腕を伸ばして受け取ろうとした俺は——そのまま固まった。

「——え？」

なぜなら、キャミソールにショートパンツという薄着姿の彩夜が、浴室にためらいなく足を踏み入れたからだ。

「ちょ、ちょっと⁉ 彩夜ちゃん……⁉」

「はい？」

「ななっ、なにして……！」

「？ あの、ですからこれ、詰め替え用の……」

「そっ、それはわかってるけど、入らなくても……！」

「あ、大丈夫です。濡《ぬ》れてもいい恰好《かっこう》なので」

そういうことではない。

俺は言葉も出ないまま、とりあえず大事なところを隠しつつ彩夜に背中を向けた。

彩夜は空のボトルを手に取り、そこに中身を注いでいく。

俺は石のように身動きひとつ取れず固まっていた。

「お……終わった？」

「はい、ばっちりです。……あ、そうだ一心さん」

「な、なに……？」

「せっかくなので、お背中流しましょうか？」

「へ……？」

「いつもお世話になっているお礼です。一緒に暮らしているんですし、遠慮しないでください」

あまりの事態に脳が追いつかない。

断ることも忘れて絶句していると、彩夜が座る俺の後ろでひざをつく。

スポンジを手に取り、補充したばかりのボディーソープを泡立てる。

「さ、彩夜ちゃん、待っ——」

制止の言葉を口にする前に、背中にスポンジのやわらかな感触が押し当てられた。

「っ……！」

「あ、ごめんなさい。くすぐったかったですか……？」

「い、いや、大丈夫……」

絶妙な力加減で、彩夜が俺の背中をこする。

こうして他人に身体を洗われるのは、おそらく物心つかない子供のとき以来だ。

恥ずかしさとくすぐったさと混乱で、俺は気が気ではなかった。

「……昔もこうして、一心《いっしん》さんとお風呂に入ったことがありましたね」

「え？」

彩夜の囁《ささや》きに、俺は虚を衝《つ》かれた。

「憶《おぼ》えていませんか？」

「えっと、そうだっけ……」

思い出そうとしたが、記憶にない。

俺の幼少期の思い出のほとんどは、真昼と一緒のものばかりだ。

それですら七年も前のことなので、忘れている部分も多い。ただでさえ少ない彩夜との記憶は、その中に完全に紛れてしまっていた。

「あ……」

ふいに景色が蘇《よみがえ》る。

思い出した。そういえば小さい頃、彩夜はよく泣いていた。

そうだ。確かその日、俺は真昼ともうひとりの女の子と一緒にいた。

あれは、彩夜だ。

初めて三人で遊びにいった帰り、暗くなった道で、彩夜がつまずいて転んでしまった。

痛みと汚れで泣いてしまった彩夜《さや》を連れて家に帰り、そして——

そこから先の記憶は曖昧だった。

「あのとき、一心さんが私の足を洗ってくれて……。それでやっと私も泣き止《なや》んで」

「そうだっけ？　そのあたりは、ぜんぜん記憶にないな……」

「いいんです。これは、あのときのお礼でもあります」

俺が憶えていなくても、彩夜が憶えているなら事実なのだろう。

「一心さん。昔、私とした約束、覚えていますか？」

「……え？」

まったく想像していなかった一言だった。

「彩夜ちゃんと俺が……約束？」

真昼とではなく、彩夜と。一体、何を約束したというのか。

遠い記憶には濃い靄《もや》がかかっている。

「それって一体——」

彩夜に聞こうとした瞬間、浴室の外からスマホの着信音が聞こえた。

「あ、電話。きっとお姉ちゃんからですね」

「お、俺の方はもう大丈夫だから……！　さ、早く出ないと、真昼も心配するだろうから

「……！」

「そう……ですね」

名残惜しそうにする彩夜を、俺は慌てて急《せ》き立《た》てた。

「――もしもし？　うん、大丈夫だよ。今？　えっと……ひとりだけど」

浴室の戸の向こうで、彩夜が電話に出ている。

この状況に、俺は妙な後ろめたさを感じてしまった。

「――うん、うん。あ、一心さんは……」

自分の名前が出て、ぎょっとした。

彩夜の言葉に耳を澄ませる。

「まだ、お風呂入ってるよ」

ごく普通の返答に、ほっと胸を撫《な》でおろした。

そのときにはすでに、さきほどの彩夜との会話は頭から離れてしまっていた。

＊

風呂上《ふろあ》がり、俺はリビングでひとり気を落ち着けていた。

もちろん悪気はないだろうが、ときおり、彩夜の行動にはどきりとさせられる。

今、浴室では彩夜がシャワーを浴びている。

ともかく変に意識しすぎるのはよくない、と俺は自分に言い聞かせた。

朝、真昼に頼まれていた。色々あって忘れていたが、ちょうどいい。

勉強を教えるだけなら、二人でいても気まずくなるようなことはないだろう。

しばらくして、リビングのドアが開いた。

「あ、そうだ、勉強……」

「あ、彩夜ちゃ――」

テスト勉強のことを切り出そうとした俺は、はっとした。

裾の長いゆったりとしたティーシャツから、すらりとした素足が伸びている。

濡れた髪がはりつくしっとりした肌。ぱちりとした瞳が俺を見ていた。

思わず見惚《みと》れてしまった。

どうしてだろう。べつに風呂上がりの姿を見るのは、今日が初めてでもないのに。

「？　どうかしましたか」

「あ、いや……。そ、そう！　勉強、真昼に言われてたやつ」

「ああ、そうですね。良かったら、このあとすこし……いいでしょうか？」

「もちろん」

俺は咄嗟《とっさ》に取り繕いながら、勉強道具を取りに部屋に向かった。

＊

リビングのテーブルで彩夜が問題集を解いている。

しばらくして、ぴたりとペンを持つ手が止まった。

「どうしたの？　どっか、わかんないとこある？」

「あ、いえ、ちがうんです。あまりちゃんと集中できてなくて、その……」

彩夜は言いづらそうに俯《うつむ》いたあと、顔を上げた。

「あの、一心さんのお部屋でもいいですか？」

「え？　ど、どうして？」

「その方が、緊張感が出て集中できる気がするんです。……ダメ、ですか？」

「あ……いや、ダメってことは……ないけど」

「本当ですか？　ありがとうございます」

彩夜は嬉《うれ》しそうに微笑《ほほえ》み、すぐに勉強道具をまとめて立ち上がった。

不意をつかれ、つい了承してしまった。

ただでさえ、意識しないと決意したばかりなのに。

仕方なく二階に上がり、ざっと見られてまずいものがないか確認したあと、彩夜を部屋に招き入れた。

「うん。じゃあ……入って」

「お邪魔します」

彩夜はぺこりと頭を下げると、すぐに持っていた勉強道具を、部屋の中央にあるミニテーブルに置いた。

あ、れ——

突然、俺は奇妙な感覚に襲われた。

なにか、今、違和感があった。

だがそれがなんなのか、わからない。

今、自分が何に対して違和感を、いや疑問を感じたのだろうか？

「一心さん？　あの、どうかしたんですか」

「え？　ああ、いやべつに……じゃあ、始めよっか」

「はい。よろしくお願いします、先生」

それからしばらくは順調に勉強の時間だった。

彩夜が取り掛かっている問題集について質問し、俺がわかる範囲で解説する。

といっても、一から十まで説明しなければならないようなことはほとんどなかった。少しヒントを出すだけで、彩夜は自力で答えに辿《たど》り着《つ》いた。真昼《まひる》と同じく、地頭が良《い》いのだろう。

一時間ほど集中して取り組み、小休止を挟むことにした。

「彩夜ちゃん、やっぱ頭いいよ。俺なんてすぐ必要なくなると思う」

「ありがとうございます。でも……それはちょっと寂しいです」

「え、どうして?」

「だって、一心さんにもう教えてもらえなくなっちゃいますよね?」

悪戯《いたずら》っぽい彩夜の微笑に、胸がざわつくのを感じた。

彩夜は客観的に見ても、魅力的な子だ。

もちろん俺にとっては一緒に暮らす同居人のひとりであり、なにより、恋人になった幼なじみの真昼の妹なのだ。

だが、こうして二人きりで過ごしていると、その感覚がどこか狂う気がした。

「あ、そうだ。私、ちょっと飲み物取ってきますね」

「ああ、なら俺行くよ」

「いえ、せっかく勉強教えていただいているんですから、これくらいさせてください」

彩夜が俺を制して立ち上がった。

だがその直後、突然ふらついて壁に手をついた。

「彩夜ちゃん？　大丈夫？」

「いえ……すみません、ちょっと立ちくらみが……」

「と、とりあえず座ったほうがいいよ」

俺は彩夜の手をとり、ベッドに座らせた。

「ごめんなさい……。その、貧血みたいなもので……」

そう答える彩夜の横顔は青白かった。

「あの……少し、横になっていいですか？」

「もちろん。無理しないで」

彩夜が申し訳なさそうに、俺のベッドにゆっくりと身体《からだ》を倒す。

あまり聞かない方がいいだろうな、と思った。

女子が貧血になりやすいことくらいは、なんとなく知っている。

むしろ、あまり綺麗《きれい》とは言えない俺のベッドに寝かせる羽目になり、それが申し訳なかった。しかし、今は無理に動かさない方がいいだろう。

ふと、短パンから伸びた白い太ももが視界に入った。

なんだかまずいものを見た気がして、俺は咄嗟に視線をそらした。

「……ふふっ」

彩夜が横になったまま微笑んだ。

額にはうっすらと汗をかき、乱れた髪が頰にはりついている。

「どうかした？」

「ベッド、一心《いっしん》さんの匂いがします」

「そ、そりゃ仕方ないだろ……」

「好きですよ。一心さんの匂い」

「からかわないでよ……」

「ふふっ……」

彩夜は、心から安心したような声だった。

「……ごめんなさい、一心さん」

苦しそうに眉根を寄せる。やはり体調が優れないようだ。俺は腰を上げた。

「なんか冷たいタオルとか持ってくるよ。待ってて」

「……ごめんなさい」

謝る声は、普段の彩夜よりもずっと弱々しかった。

＊

「ただいまー！」

翌日の土曜日。昼頃に真昼が帰ってきた。

リビングにいつもの明朗快活な声が響く。

たった一日だけだったが、聞き慣れた真昼の声に、俺は妙に安心してしまった。

「おかえり。で、土産は？」

「ちょっとーいきなりそれ？　べつに旅行に行ってたわけじゃないんだけど」

「冗談だって」

「なーんて。実はお土産がありまーす♪」

「え、マジで？」

「商店街のプリンだけど。ねぇ、一緒に食べよ。彩夜《さや》は？」

「あ、彩夜ちゃん、今日はまだ寝てるかも。昨日、遅くまで勉強してたみたいで……。ちょっと呼んでみるか？」

「あ、待って一心」

二階に向かおうとした俺を、真昼が素早く制止した。

「その前に……ちょっと、いいかな」

「？　なんだよ」

真昼は、さきほどプリンを食べようとしていたときとは打って変わり、真剣な表情だった。声もどこか張りつめている。

そのせいで、俺の方も妙に緊張してしまった。

「あのさ、彩夜も一心と同じ文芸部に入ったでしょ？　だから一心なら、もしかしてなにか知ってるかもなって思って」

「知ってるって、なにを……」

「だから、それは……」

なぜか言いにくそうに口ごもる。

「なんだよ、はっきり言えって」

「彩夜……きっと、好きな人ができたんだと思う！」

「…………は？」

真昼の表情は、しごく真剣だった。

第十一話　姉妹調査

商店街でこそこそと物陰に隠れる、俺と真昼。

その日、俺たちは駅へと向かって歩く彩夜を、距離をとって尾行していた。

「俺たち、何やってんだろうな……」

「しっ、一心。ちゃんと隠れてよ。頭出てるってば」

「はいはい……」

やる気のない俺とは対照的に、真昼は真剣な様子だった。

一体なぜこんなことをしているのか？

それはもちろん、この前の真昼の発言に端を発している。

「っていうか、好きな人って……本当にそうなのか？」

「そうに違いないもん。最近なんだかため息つくこと多いし、使ってるリップだって前と変わったし、髪型とかもちょっとアレンジするようになったし」

「それだけかよ」

「はぁ……。あのねえ、一心にはわからないかもしれないけど、女の子にとっては大事なことなんだよ？　一心にはわからないかもしれないけど」

「二回言うな」

「姉として、ちゃんと見守ってあげないとって」

真昼は妙な使命感を見せている。それが俺にとっては腑《ふ》に落ちなかった。

「あのさ、やっぱよくないんじゃないか。いくら姉妹でもこういうのは」

「姉妹だからぎりオッケーなの」

「ぎりかよ……」

謎の論理を振りかざす真昼に俺は渋面した。

「だいたい、こんなストーカーみたいな真似《まね》してないで、気になってるなら直接彩夜ちゃんに聞けばいいだろ？」

「聞いたってば。でもはぐらかして教えてくれないんだもん。だから余計に、あっこれ絶対そうだなって」

脳裏に意味深な微笑《ほほえ》みを湛《たた》える彩夜が浮かんだ。

確かに、そういった風にミステリアスに振る舞う彩夜は、想像に難《かた》くない。

「だいたい、一心は気にならないわけ？」

「いや、べつに俺は……」

確かに、気にならないと言えば嘘《うそ》になる。

だが彩夜も年頃の女の子なのだし、どこかでそういう相手ができたとしても、なんら不思議なことではない。

「ほっとくって手も、あるんじゃないか」

やや冷たく言い放った俺を真昼は軽く睨《にら》みつけた。

「そんなのだめ」

「なんで」

「妹を守るのは、姉の役目だもん」

「守るって……」

随分と大袈裟《おおげさ》だ。年の離れた小さな子ならともかく、真昼がそこまで彩夜を心配する理由がいまいちわからなかった。

「だから一心も……ちゃんと見ててほしいんだ」

「なにをだよ」

「彩夜に悪い虫がつかないように、ってこと」

真昼の頼みに、俺は妙な居心地の悪さを感じた。

なぜか、まるで自分に釘《くぎ》を刺されているような錯覚がしてしまった。

そのとき前方を歩く彩夜が、まっすぐ駅には向かわずべつの方向に曲がった。

「あれ？　彩夜ちゃん、どっか寄ってくのかな」

「も、もしかして男子との逢瀬《おうせ》!?」

「逢瀬って……おまえ、本当にJKかよ」

「そんなことどうでもいいんだってば！　ほら、早く付いてくよ」

「へいへい……」

俄然《がぜん》やる気に満ちた真昼《まひる》に、俺は渋々と付いていった。

＊

彩夜を尾行して辿《たど》り着《つ》いたのは、意外な場所だった。

「文房具屋さん……だよね？」

「まあ、看板に書いてあるしそうだろうな」

少し外れた通りにある小さな文房具店だった。特に変わったところはない。

途中でだれかと合流した様子もなかった。

しばらく向かいの通りの路地裏から文房具店を監視していると、彩夜が出てきた。

「わっ、ちょっと一心早く隠れて、早く！」

「せ、急《せ》かすなって……！」

俺と真昼は慌てて物陰に身をひそめてやり過ごす。

彩夜は来た道を戻っていくようだった。

その後も付けてみたが、彩夜はまっすぐ駅に向かって電車に乗って帰っていった。

気になったので、さきほどの文房具屋へと戻り、店に入ってみた。

「お邪魔しますー……」

「はい、いらっしゃいませ」

レジの奥にいた年配の店主に真昼が話しかけた。

「あのぅ、すみません。さっきこちらのお店に、女子高生が来たと思うんですけど……」

「？　えっと、それはどういう……」

「わたし、あの子の姉なんです」

店主はきょとんとした様子で、真昼の顔をまじまじと見つめた。

よく見れば、ふたりが姉妹であることは顔立ちからわかるだろう。

「ああっ、さきほどの女の子の。どうかされましたか？」

「あの子が何を買っていったか、ちょっと気になって……」

「お買い上げされたのは、レターセットでしたが」

「レターセット……？」

「はい。商品、ご覧になりますか？」

「あ、はい、ありがとうございます」

陳列棚の前に行き、商品を見せてもらう。

おとなしめのデザインが入った、ごく普通のレターセットだった。

「彩夜は……あの子は、なにか言ってましたか？　誰宛てに書くとか」

「さあ……特には。あ、ただ……」

「ただ？」

「ふたりきりの秘密の手紙です、と仰《おっしゃ》っていましたね」

奇妙な言葉に、俺と真昼はきょとんとした顔を見合わせた。

店主に礼を言って店を出ると、真昼は難しい顔をして唸《うな》った。

「手紙、かぁ……。誰に書くんだろう？」

「海外にいるご両親じゃないのか？」

「うーん、べつに手紙なんて書いてるの見たことないけど。スマホあるし」

「まあ、そりゃそうか」

「……でも、なんかちょっと安心したかも」

「なんで？」

尾行は無駄足に終わったが、真昼の表情はどこかほっとしているように見えた。

「彩夜《さや》に好きな人ができたら、三人の生活が変わっちゃう気がして」

真昼のその言葉に、俺は虚を衝《つ》かれた気がした。

確かに、変わるかもしれない。

けれどそれは、避けようのないことのような気もする。

そして、どちらが良《い》いことなのかも、明確な答えは見つからなかった。

「とりあえず、帰るか」

「うん」

真昼の返事は、夕暮れの空に吸い込まれていった。

第十二話　海辺にて

その日の放課後は、久しぶりに真昼とふたりで帰っていた。

途中、真昼が学校近くにある海に行ってみたいと言い出したので、引っ越してきたばかりの真昼を、土地勘のある俺が道案内した。

「わぁっ、こんな浜辺あったんだね！」

到着したのは、遊泳可能な白い浜辺だ。

まだシーズンオフなので人気《ひとけ》はほとんどなく、ちらほらと散歩客がいるくらいだ。

「なんで今まで教えてくれなかったわけ？」

「聞かれなかったら、教えようがないだろ」

「ずるーい」

「はいはい」

「ね、もっと近く行こっ」

はしゃいだ真昼が防波堤の階段を下りていく。

あまり寄り道をしていると帰りが遅くなると思ったが、昔からこういうときの真昼は言っても聞かないことがわかっているため、俺は真昼の後に付いて歩き出した。

「わー……きれい……」

水平線が夕暮れで赤く染まっている。

今日は天気もよく、波風も穏やかだ。いい眺めなのは間違いない。

潮の香りは夏とは違っていて、どこかにまだ幼さのようなものを感じた。

その空気を胸いっぱいに吸い込んだ真昼が、大きく身体《からだ》を震わせた。

「う～～我慢できない！」

「え？」

突然、真昼が靴を脱いだ。

さらに白い靴下も脱ぎ去り、裸足《はだし》で砂浜に駆け出していく。

「ちょっ、おまえな……」

「一心《いっしん》も来てよ」

真昼に手招きされる。いよいよ抑えがきかない。

仕方なく俺も裸足になってズボンの裾をめくり上げ、真昼の方へと近づいていった。

真昼が砂浜の上を踊るように歩く。

まるで初めて海を見る子供のようだ。

真昼はあの頃となんら変わっていない。

太陽のように明るく、まっすぐで、力強くて。

俺にとって最初の友達で、憧れで。

そして——初恋の相手だった。

「本当に綺麗《きれい》……」

波打《なみう》ち際《ぎわ》を歩いていた真昼が立ち止まり、俺はようやく追い付いた。

「彩夜も連れてきたかったな……」

真昼の足元に、小さな波が打ち付ける。

その呟《つぶや》きは、波の音にかき消されそうなほど小さなものだった。

「今度、また三人で来ればいいだろ。べつにいつでも来られるんだし」

「……うん、まあ、確かに」

真昼は妙に歯切れ悪くうなずく。

「あのさ、一心。ありがとね」

「これくらいで大袈裟だな」

「そうじゃなくて。……一緒に、あの家にいさせてくれて」

真昼は急にしんみりとしていた。

「一心にも一心のお父さんにも、すごく感謝してるってこと、改めてちゃんと伝えなきゃって、ずっと思ってて。わたしも、彩夜も、本当にそう思ってるよ」

そのとき俺は初めて、真昼が気を遣っていたことに気づいた。

幼なじみとはいえ、親元を離れて他人と暮らすことに、何も感じないわけはない。

「ばーか」

「な、なんで?」

「一緒に暮らしてるんだから、そんなこと、気にしなくていいんだよ」

恋人になったとか以前に、俺と真昼は幼なじみだ。

もちろん、その妹である彩夜も同じ。他人だが、赤の他人ではない。

「……うん」

真昼は心から安心したように微笑《ほほえ》んだ。

「ねぇ、一心」

「ん?」

「恋人って、なんなんだろうね」

突然真昼の口から出た単語にぎょっとした。

「な、なんだよ急に……」

「わたし、一心とちゃんと恋人らしいこと、できてるのかなって……」

「してる……だろ、すこしは」

「ほんと？　大丈夫？」

「いや、してないことも、そりゃあるだろうけど……」

「どっちなの？」

真昼《まひる》はそわそわとして落ち着きがない。

それがこちらまで伝播《でんぱ》して俺も動揺してしまう。

いつもはいくらでも他愛《たわい》ない話をできるのに、なぜ急に、言葉ひとつがこんなにも出てこなくなるのだろうか。

「あのさ、一心」

「なんだよ」

「キスって……したことある？」

「……！」

真昼の薄桃色の唇に、視線が吸い寄せられた。

「ばっ、おまっ、なに言って……」

自分でもみっともないと思うほどうろたえてしまった。

水面に出た魚のような呼吸を繰り返す俺を見て、真昼が腹を抱えて笑い出した。

「あははっ」

「な、笑うなって……！」

「だって、すっごく動揺してるから。ふふっ、したこと……ないでしょ？」

「お、おまえはどうなんだよ」

「わたしも、まだないよ」

真昼は笑いの余韻に浸りつつ、涙をぬぐった。

「なんだか、安心した」

「そりゃよかったな」

「ゆっくり、一緒に恋人になっていけたらいいね」

水平線の夕陽《ゆうひ》を背に、真昼は言った。

後ろで手を結び、下から覗《のぞ》き上げるように微笑みかける。

胸が締め付けられる感覚がした。

唐突に理解する。

ああ——やっぱり、俺は、真昼のことが好きなんだ。

あの頃から変わらず、ずっと今も。

「一心、こっち来て」

「？　ああ」

俺が一歩近寄ると、真昼がだらりと下げたままの俺の手に触れた。

薬指と小指を中途半端《ちゅうとはんぱ》に握る。

「恋人なら……手をつなぐくらい、するでしょ」

真昼は俺の顔をまともに見られない、というように視線をそらしたまま。

その顔は夕暮れの下でもはっきりわかるほど紅潮していた。

ここで恥ずかしがって委縮しては、男がすたる。そんな気がした。

「まあ……するだろ」

ゆっくりと、俺も真昼の細い指を小さく握り返した。

真昼が幸せそうに目を細める。

「えへへ……」

「な、なんだよ」

「一心の手、会わない間にずいぶん大きくなったなって」

「おまえだって……まあ、そんな変わらないか……」

「ひどっ！　わたしだって結構……成長したし！　む、胸とかっ」

「ばっ、て、手の話をしてんだよ！」

「っ⁉　し、知ってるってばそれくらい！　やだ一心、なに変なこと考えて……」

「お、おまえが言ったんだろうが……！」

どこにいても、俺と真昼は、やはりいつものままだった。

けれどそのことがとてつもなく、心地よく感じられた。

それから俺と真昼は、しばらくの間、一緒に浜辺を歩いた。

昔のように。けれど、昔とは明らかにちがう関係性で。

一番好きな子が、俺のことを好きでいてくれている。

俺は今、世界で一番幸せな男子高校生なのかもしれなかった。

＊

帰宅して夕食を済ませた後、俺は自分の部屋でベッドの上に転がっていた。

「ゆっくりと恋人に……か」

あの真昼の言葉を繰り返すと、胸が満たされる気がした。

確かに、俺は二人の関係に進展がないことに焦《あせ》っていたのかもしれない。

急ぐ必要はない。俺たちは、これからも一緒にいられるのだから。

風呂《ふろ》にでも入ってくるかと思い、俺はベッドから降りた。

「ん？」

足裏になにか堅いものを踏んだ感触があった。

見ると、小さなアクセサリー――髪飾りらしきものが床に落ちていた。

「これって……」

見覚えがない代物だ。真昼のものだろうか。毎朝、真昼は俺を起こしに部屋に入ってくる。もしかしたらそのとき――

「いや、彩夜《さや》ちゃん、あのとき……」

そういえば、あの奇妙な夢を見た日の翌朝、なぜか彩夜は俺の部屋の前に立っていた。

確かそのあと、彩夜は自分の髪飾りを失《な》くしたと真昼に言っていた。

これがもし、彩夜のものだとしたら。

彩夜は、以前にも俺の部屋に入ったことがある、ということになる。

はっとした。

真昼が留守にしたあの日、彩夜は勉強するために俺の部屋にやってきた。

あのとき俺が感じた違和感。それがなんなのか、ようやくわかった。

彩夜は、俺の部屋を見回すそぶりを見せなかった。
まるで一度入ったことがあるかのように。
ゆっくりと、疑問が確信へと変わっていく。
もしも、この髪飾りが彩夜の物だとしたら。あの出来事が夢でなかったとしたら。
もしも——彩夜との口づけが、夢でなかったとしたら。

第十三話　答えを追いかけて

翌日の放課後、俺は文芸部で彩夜の活動に付き合った後、忘れ物のノートを取りに自分の教室へと戻った。

誰もいない教室に、ぽつんと座る女子生徒の姿があった。真昼だ。

「あれ、一心《いっしん》。どうしたの？」

「おまえこそ。ひとりで何やってんだよ」

「ちょっと書類仕事。学年の皆からもらった事前アンケート、まとめてたんだ」

真昼の机には学年全員分のアンケート用紙が積まれている。

うちの高校では、二年生の五月に修学旅行が控えている。

四月の頭に行われた実行委員決めで、真昼は誰よりも早く率先して立候補した。

小学生の途中で日本を離れて海外に行ってしまった真昼は日本の修学旅行に強い憧れがあったようで、来る前からやると決めていたらしい。

そんな真昼は、日程が近づくにつれ委員会に顔を出す日が増えてきた。

「ただの委員なのに、そんなことまでしてんのか？」

「ただのって、わたし、委員長なんだけど」

「え、マジで？　よくやるなぁ……」

「べつに好きでやってるんだからいいんです」

真昼はどこにいても進んで皆の中心になる。それが昔からの真昼らしさだった。

「なんかやることあるなら、手伝うぞ」

「ほんと？　ありがと！　じゃあそっちの紙、クラス別に分けておいてもらえるかな？

全部ごちゃ混ぜになっちゃって」

「おう、りょーかい」

俺は真昼の向かいに座り、作業を手伝い始めた。

いつもならすでに帰っている時間帯。

かなり日も傾き、教室には眩《まぶ》しい夕陽が差しこんでいる。

「でも、よかった。今日は残業してて」

真昼が書面に目を落としたまま呟《つぶや》いた。

「ん？　なんで」

「だって……こうして一心と一緒にいられるから」

真昼《まひる》が楽しげに目を細め、斜め下から俺の顔を覗き込んでいた。

きゅっと胸の奥が締め付けられる。

「は……恥ずかしいセリフ言うな、ばか」

「もしかして、照れてる？」

「照れてないわ」

「うそだー、ぜったい照れたでしょー」

真昼が俺の胸を指先で小突く。

恥ずかしくなって真昼の手を摑《つか》んだ俺は、はっとした。

彼女の細い指。特別なもの。

意識した俺に気づいた真昼も、目に動揺を浮かべる。

今ここには、他に誰もいない。

夕暮れの教室は俺と真昼だけの場所だった。

真昼が頰を染めたまま、視線を泳がせる。

どこかぼんやりとした表情で、俺を見つめた。

ふと、真昼の唇に意識が向く。

ほんのわずかに、身体《からだ》が真昼の方に傾いた瞬間、教室の入り口の方に人影がよぎった。

その瞬間、俺は硬直した。

「……！」

そこに立っていたのは、彩夜だった。

俺と真昼が仲睦《むつ》まじく一緒に作業している姿を見ている。

真昼は俺の方を向いているため、彩夜の存在に気付いていない。

彩夜はこちらを見て、ゆっくりと微笑《ほほえ》んだ。

それは信じられないほど穏やかで——けれど、どこか寂しそうな表情だった。

彩夜は俺に小さく会釈《えしゃく》すると、静かに去っていった。

——もしも、あの夜のことが夢でなかったとしたら。

聞くなら、今しかない。家に帰って三人になってからでは聞けなくなる。

「悪い、真昼。ちょっと用事思い出した。少し出てくる」

「え？　あ、うん……」

ぽかんとした真昼を残し、俺は教室を飛び出した。

＊

廊下に出ると、すでに彩夜の姿はなかった。

急いで階段の方まで行き、下を覗《のぞ》き込む。手すりに誰かの小さな手が見えた。

それだけで確信した。

慌てて階段を下り、校舎一階の廊下に。こちらも人気《ひとけ》はなかった。

俺は直感で右手に進む。彩夜のクラスには、誰もいない。他の教室も通り過ぎながらひとつずつ覗いたが、彩夜の姿はない。

昇降口へ出る手前で、ふと足が止まった。

目の前の保健室の戸が、すこしだけ開いている。

ここにいる。なぜかそのときの俺は、自然にそう確信できた。

保健室の中に足を踏み入れる。奥のカーテンが風にはためいて揺れていた。

案の定、ベッドの端に彩夜が腰かけて外を眺めていた。

「彩夜ちゃん……」

まるで映画のワンシーンのような光景。

夕陽《ゆうひ》を背に、なびく髪をそっと押さえて佇む彩夜には神秘的な美しさがあった。

「え、一心さん？　どうして……」

「その……さっき彩夜ちゃんの姿を見かけたから、ちょっと気になって」

「私は……忘れ物を取りに来たんです。今日の三限目に、ちょっと保健室で休んでいたので」

「そ、そうだったんだ」

「……あの、どうして、追いかけてきてくれたんですか？」

俺は小さく息を吐き、気持ちを落ち着けた。

聞いていいのか。本当に聞くべきなのか。

もしかしたら、それは犯人に証拠品を突き付けるような行為になるかもしれない。

それでも、このまま見なかった振りはできなかった。

「……彩夜ちゃん、これ」

俺は昨日拾った髪飾りを取り出した。

震えそうになる手で、それを差し出す。

「あの……それが、なにか？」

「俺の部屋に、落ちてたんだ。これってもしかして……彩夜ちゃんの？」

彩夜は髪飾りを受け取ると、それをじっと見つめた。

判決を待つ被告人のように、俺は彩夜の答えを待った。

「はい」

はっきりと、彩夜は首を縦に振った。

やはり、あの夜起きた出来事は、夢ではなく――

「このあいだ、一心さんのお部屋でお勉強したとき落としてしまったんですね」

「え……？」

「失《な》くしてしまったと思って、捜していたんです。ありがとうございます」

「あ……う、うん」

俺は、肩透かしを食ったような気分だった。

それだけのこと……なのか？

戸惑いながらも、それならば説明が付く。なにもおかしいことはない。

俺は、また危うく変な勘違いをするところだったのだろうか。

「あの……ところで、一心さん」

「あ、ああ。なに？」

「今度、お姉ちゃんと三人で、デートに行きませんか？」

またしても、俺は言葉を失う。

彩夜はいつも通り、天使のように微笑んでいた。

第十四話　三人の初デート

ゲート前に沢山の人だかりができている。

小さな子供を連れた家族連れや、カップルの姿が目立つ。整列しながら、皆楽しそうに入園を待っていた。

彩夜の発案で、俺たちは週末遠出をして、遊園地にやって来ていた。

比較的最近できた場所ということもあって、かなり人で賑《にぎ》わっている。

「うぅ〜すっごくワクワクするね！」

「お姉ちゃんとは、前からずっと行きたいって話してたもんね」

真昼は動きやすい印象のデニムスカートルック。

彩夜は、この前部屋で着替えていたときのミニ丈のワンピース姿だった。

ふたりともきらきらと目を輝かせている。

「おまえ、昔からこういうとこ好きだよな」

「誰だって遊園地は好きでしょ？　ね、彩夜」

「うん。私、ここのお化け屋敷《やしき》来てみたかったんだ。ものすごく怖くて、失神しちゃった人もいるって聞いたよ」

「彩夜、この前の映画もだけどホラー好きだもんね……。大丈夫、わたしはちゃんと外で待ってるから、一心《いっしん》が守ってくれるよ♪」

「なんで俺なんだよ？」

「ふふっ、お姉ちゃん、昔からそういうのはダメだもんね」

「ああ、そういやお前、幽霊とか苦手だったな。昔も遊びに行って暗くなると、決まって俺の後ろにしがみついて……」

「ちょ、今その話はいいでしょー⁉」

真昼と彩夜は、和やかに笑い合う。その横で、俺は内心ほっとしていた。

あの保健室で、急に三人でのデートに誘われたときは驚いた。

だがあのあとすぐ、彩夜は俺のことを心配している、と語った。

ふたりが俺の家に引っ越してきて、しばらくは共同生活のための買い出しやら家の片づけやらで、ろくに遊びに行けていないのではないか、と。

どうやら彩夜は、自分たちが迷惑をかけていることを危惧していたらしい。

それを聞いて安堵《あんど》すると同時に、彩夜の優しい気遣いが身に染《し》みた。

せっかくの彩夜の提案だ。今日は余計なことを考えずに、気軽に楽しもう。

「あ、前進んだよ。ふたりとも行こ！」

「ああ」

列が進み、俺たちは入場ゲートをくぐって人混みのパークへと繰り出した。

＊

ほぼ真っ暗な通路を、足元を確かめるようにして一歩ずつ進む。

「いいい一心……！　でで出口まだ？　もう見えた？」

「あのな、まだ入って五分も経《た》ってないぞ」

「お姉ちゃん、そんなに俯《うつむ》いてたら、せっかくのお化けが見えないよ？」

俺の左腕をがっしりと摑んで放さないのは、真昼だ。

このお化け屋敷に入るのを、直前まで真昼は断固拒否していた。だが一緒に思い出を作りたいという彩夜に根負けし、今に至っている。

「一心さん、お姉ちゃんのことちゃんと守ってあげてくださいね」

「ここを出る前に、俺の腕が真昼に握り潰されてなければな……」

右側を歩く彩夜からは、涼しげな態度が伝わってくる。

牛歩戦術で屋敷内を進んでいくと、徐々に仕掛けが激しくなってきた。

徘徊《はいかい》する落ち武者、飛び出す骸骨、四散する日本人形などなど。

それにしても視界が悪い。足元のわずかな非常灯だけが頼りだ。真昼《まひる》にしがみつかれっぱなしの腕の感覚がいよいよなくなってきた。

曲がり角で、白装束の女が真上から垂れ下がる。

真昼はその気配だけで絶叫を上げ、もはや一切顔を上げられないでいる。

「きゃっ」

彩夜が声を上げて、俺の右腕に抱きついてきた。

仕掛けとはべつの意味で俺はぎょっとした。

（さ、彩夜ちゃん……？）

（怖いですね。私も出るまで、こうしてていいですか？）

小さく耳元で囁《ささや》く。言葉とは裏腹に、声にはまったく恐怖を感じていない。

彩夜は真昼とちがってこういったホラーが苦手ではないらしい。

だとすれば、この前の映画館で俺の肩に抱きついていたのは一体なんだったのか。

（一心さんにつかまってると、すごく安心します）

しっとりとした囁きと微《かす》かな吐息が耳元をくすぐる。

それまで平常心でお化け屋敷を進めていた俺の心拍数が、急激に上昇する。

この危険な場所から、一刻も早く脱出しなければ。

「で、出口はまだか……！」

「いいっ一心、歩くの速いってば……！　もうやだ……！」

本気の悲鳴を上げる真昼と、楽しげにリアクションをとる彩夜に挟まれる。

確かに俺にとっても、べつの意味で焦《あせ》りをもたらす恐怖の館だった。

＊

何か所かアトラクションを回った後、パーク内のレストランに入った。

俺と真昼は揃《そろ》って椅子に背を預け、天を仰いでいた。

二人とも、それぞれべつの意味でお化け屋敷のダメージが残っている。

「いって……。真昼に摑《つか》まれた腕、まだ赤くなってるぞ」

「ご、ごめんってば。でも、一心だって途中から早足になってたじゃん」

「いやそれは……まあ」

彩夜にもしがみつかれて恥ずかしかったから、と正直に答えることもできず口ごもっているると、注文したドリンクを取りに行っていた当人が戻ってきた。

「ふたりとも、お疲れさまです」

疲労した俺たちとは違い、彩夜は涼しい顔をしている。

「ありがとう、彩夜ちゃん」

「一心さん、さっきは男らしくて頼もしかったですよ」

彩夜は俺にドリンクを手渡しながら、意味ありげに目配せする。

俺は気を落ち着かせるためドリンクに口をつけた。

「あ、ごめんなさい。そっち、私の飲みかけでした」

「ごほっ⁉」

俺は慌ててストローから口を離し、むせ返った。

「もう、何してんの一心。ほらそこ拭いて」

「わ、悪ぃ……」

アクシデントの間接キスくらいで動じるな、と自分に言い聞かせる。

ふたりの前で、これ以上恰好《かっこう》悪いところを見せるのは情けなかった。

「ところで、おふたりはキスはもうしたんですか？」

俺の覚悟などひとたまりもなかった。

しかも今度は真昼も一緒になってむせ返った。

「え、え、なに言ってるの、彩夜⁉」

「あ、ああ……。びっくりさせないでよ、はは……」

「えっ、それじゃあまだなんですか？」

「ま、まだっていうか……ちゃんとしたことは……こ、これからっていうか……」

彩夜のどストレートな質問に、真昼は耳まで赤くして目を泳がせていた。

やがて小さく、こくり、とうなずく。

俺もそれにつられるように肯定した。

「なるほど……。じゃあ、これからのお楽しみですね♪　私、どこかでふらっと一時的にいなくなりましょうか？」

「もー！　わたしたちのことは今日はいいんだってば！」

「そ、そうだって！　全然気にしなくていいから！」

ほぼハモるようにして言った俺たちに、彩夜はくすりと笑う。

「一心さんたち、本当に仲がいいですね」

「彩夜、からかわないでってば……」

「ふふっ、一心さん。お姉ちゃんが珍しく照れてますよ？」

「て、照れてないし！　珍しくもないし！」

だが付き合いの長い俺から見ても、確かに真昼の顔は赤い。
それが伝わってきたせいで、俺も余計に気恥ずかしくなってしまった。

第十五話　宙ぶらりのふたり

遊園地内で昼食を済ませた後、定番の絶叫マシンや水上ボート、迷路などを回っていると、あっという間に夕方になった。

「一心さん、最後にあれ乗りませんか？」

大きな観覧車を見上げ、彩夜《さや》が言った。

「ああ、いいんじゃないか。景色もちょうど綺麗《きれい》だろうし」

「あれ、彩夜……」

真昼が表情を曇らせ、なにか言いかける。

「ん、どうした？」

「あ、ううん、なんでも……。ふたりで乗ってきて。わたし高いとこ苦手だから」

「ああ、まだダメなのか。昔、ジャングルジムから落ちて骨折ったもんな」

「うう、あのときの記憶が……。トラウマになってるんだもん」

真昼は昔から男子に負けず劣らずおてんばだったが、一度大きめの怪我《けが》をしたことがあり、それ以来、高いところには積極的に上がろうとしなくなった。

「じゃあ、行こうか」

「はい。お姉ちゃん、上から手振るからね」

「う、うん。いってらっしゃい」

真昼と別れ、俺と彩夜は観覧車へと乗り込んだ。

*

ゆっくりとゴンドラが地上から離れていく。

高度が上がっていくにしたがって付近の建物が遠くなると、観覧車が回る速度は少しずつ緩慢になっていくように感じられた。

「今日は楽しかったですね。来れて本当に良かったです」

「うん。それも彩夜ちゃんが提案してくれたおかげだよ」

「せっかく恋人同士なのに、一心《いっしん》さんたちデートに行ったりしていなかったので」

「え？　ああ……それは、まあ」

「今日……やっぱり、おふたりだけの方が良かったかもしれないですね……」

「いや、ぜんぜん、そんなことないよ。むしろありがとう。色々気を遣ってくれて」

「一心さんもお姉ちゃんも、私にとっては大切な存在ですから」

彩夜は本当に良い子だった。

健気《けなげ》な姿を前にすると、ますますなぜ自分があんな夢を見たのかわからない。

ましてや、現実にあったことだと疑うなんて。

「でも……私やっぱり、お姉ちゃんに悪いことしちゃいましたかね」

「え、どうして？」

「ふたりで来ていたら、チャンスだったんじゃないですか？」

意味深に目を細める彩夜に、俺は頬が熱くなるのを感じた。

「だ、だからそんなことないってば」

「一心さん、顔が赤くなってますよ？」

「さ、彩夜ちゃん。あんまりからかわないでくれよ……」

「ふふっ、一心さんカワイイです」

彩夜はひとしきり笑うと、小さくため息をついた。

「でも羨ましいです。お姉ちゃんには、両想《おも》いの相手がいて」

すこし寂しげな彩夜の言葉に、俺は真昼が疑っていたあのことを思い出した。

彩夜には、だれか好きな人がいる。

それが本当なのだとしたら、いったい誰なのだろうか。

「彩夜ちゃんは……好きな人、とかいるの？」

俺はためらいがちに聞いた。

彩夜からすっと表情が消える。

「あ、ごめん。べつに詮索したいとかじゃないんだけど」

立ち入ったことを聞いたかもしれない、と思って俺はすぐに付け加えた。

だが彩夜は怒るわけでも、ましてや照れることもなかった。


「私も、一心さんのことが好きですよ」

彩夜は、俺の目をまっすぐ見て答えた。

心臓が跳ね上がる。

俺は金縛りにあったように動けないまま、まじまじと彩夜を見つめた。

「もちろん、恋人であるお姉ちゃんの妹として、ですけど」

「！　び、びっくりさせないでよ……はは……」

自然と止めていた息を大きく吐く。

本当に心臓が止まりそうなほど驚いてしまった。

「あの、一心さん。この前、お風呂《ふろ》で話したことですけど……」

「え？　えっと……なんだっけ」

「小さい頃に、私が一心さんとした、約束の――」

彩夜が何かを言いかけたとき、突然ゴンドラが横にわずかに揺れた。

「きゃっ⁉」

思わず手すりを摑《つか》む。だがすぐに揺れは収まった。

ゴンドラは止まることもなく、そのまま回り続けている。どうやら、突風に煽《あお》られただけのようだ。

「大丈夫、なんでもないみたい。……彩夜ちゃん？」

彩夜の細い身体《からだ》が震えている。それほど怖かったのだろうか。

俺は腕を伸ばし、自分の手を彩夜の手に重ねた。

「一心さん……？」

「安心して。俺が、ここにいるから」

そんなありきたりな言葉しか、俺は咄嗟《とっさ》にかけてあげることができなかった。

彩夜は、俺にとっては恋人の妹だ。

だからこそ、大切な存在であることになんら変わりはない。

「……一心さん、ひとつ、お願いしてもいいですか？」

「何？」

「一心さんの隣に、座ってもいいですか？」

「え？」

意外な言葉に、俺は面食らった。

彩夜は意を決したように、真剣な眼差《まなざ》しだった。

「ああ……べつに、いいけど」

俺が頷《うなず》くと、彩夜はおそるおそる、ゆっくりと腰を上げる。

慌てて彩夜の手を取り、向かい側の席から隣側に誘導した。

「ありがとう……ございます……」

彩夜はまだ震える手で、俺の手を握りしめていた。

すがるような弱々しい力で。

このふたりだけの空間で、今は俺がこの女の子を守らなければならない、そんな思いがこみ上げてきた。

＊

帰りの電車内。

彩夜は疲れてしまったのか、真昼《まひる》の肩に頭を預けて眠っている。

「今日、楽しかったけど疲れたな。あー、明日休みで良かった」

「そうだね。……でも、ちょっとだけびっくりしちゃった」

「？　なにが」

「この子、わたしよりも高所恐怖症なのに、いつ克服したんだろうって」

「……え？」

真昼が何を言っているのか、すぐにはわからなかった。

高所恐怖症？　彩夜が？

だからあのとき、あれほど震えていたのか。

いや、だとしたら、そもそもなぜ乗ろうなんて言い出したのだろうか？

「ねえ、一心。わたし、今の生活がすごく幸せだな」

俺の疑問は、真昼の言葉によって意識の外へ追いやられた。

健やかな寝息を立てる彩夜を見る真昼の視線は、母親のような慈愛に満ちている。

「なんだよ、急に」

「家族だんらん……みたいなのに、憧れがあるのかな。だから、一心と彩夜の三人で一緒に暮らせている今が……すごく貴重で幸せだな、って」

「……そうだな」

小さい頃から、俺も真昼も両親が忙しかった。

家にひとりで残されることが多く、だから俺たちは一緒に遊ぶことが多くなった。

ふいに、わかったような気がした。

自分にとって、真昼がどうして特別でかけがえのない相手なのかを。

俺たちは同じだったからだ。同じ部分が欠けていて、同じものを求めていた。

だからきっと、俺にとって真昼が運命の相手だったのだ。

そのとき初めて、俺はごく自然に隣に座る真昼の手を握ることができた。

「一心……」

「俺だってお前以上に……幸せだって思ってるからな」

率直な想いを口にすると、真昼は嬉《うれ》しそうに微笑《ほほえ》んでくれた。

これからは真昼たちと一緒に歩いて行ける。

ここから俺たちは進んでいけると、そう思えた。

――そう、思えたんだ。

第十六話　静寂の廊下

三人で行った初デートの翌週。

腹の虫が騒ぎはじめた四限目の授業中、窓際《まどぎわ》の自席からふと校庭を見下ろすと、一年生らしき女子たちがソフトボールを行っているのが見えた。

なんとなくぼーっと視線を向けていると、その中に彩夜《さや》を見つけた。

他の女子たちと違い、ベンチに座っている。どうやら今日は見学らしい。

(あれ、そういえば……)

彩夜が運動している姿を、まだ一度も見たことがなかった。

真昼は昔から活発で、実際運動神経も抜群だ。彩夜はどうなのだろうか。あまりスポーツには興味がないのかもしれない。

今度、真昼と一緒に行った浜辺に彩夜を誘ってみるのもいいかもしれない。

俺は呑気《のんき》にそんなことを考えていた。

＊

夕方の自宅。

今日の料理当番である彩夜が、エプロン姿で台所に立っている。

「彩夜ちゃん、俺も手伝うよ」

黙々とじゃがいもの皮をピーラーで剝《む》いていた彩夜に声をかけた。

「あ……ありがとうございます」

「肉じゃがだよね？　じゃあ人参《にんじん》切るよ」

俺は手際《てぎわ》よく三人分の具材の下ごしらえを済ませていく。ちなみに真昼はちょうど切らしてしまった料理酒を最寄りのスーパーに買いに行っていた。

しばし静かに作業するだけの時間が流れる。

今日は珍しく、彩夜は口数が少なかった。

こうして一緒に準備をしているとき、彩夜は決まって料理方法のことで質問してきたり、なにかと雑談を振ってくることが多かった。

だが、今日はそれがほとんどない。

沈黙が気になったものの、俺はあまり深く気にせず口を開いた。

「あ、そうだ彩夜ちゃん。学校の近くに浜辺があるんだけど、今度真昼と一緒に三人で行ってみない？　結構景色もいいし、良《い》い気分転換になるんじゃないかなって」

気軽に誘ってみたが、反応は無言だった。

「あ……別に、そこじゃなくてもいいんだけど。また三人で、どっか行けたらなって。行きたいとこあれば、遠慮なく言ってもらえれば――」

途端、彩夜の手からじゃがいもが滑り落ち、ピーラーも取り落とす。

「おっと、大丈夫？　怪我《けが》してない？」

「……ごめん、なさい……」

「いや、大丈夫なら全然。じゃがいもってぬるぬるするよな」

俺は落ちたピーラーを手に取る。

その直後、なぜか彩夜がその場にへたり込んだ。

「――彩夜ちゃん？」

ぐらり、とその身体が傾く。

そのまま床に倒れようとした彩夜を、俺は反射的に抱きとめた。

「ちょっ、さ、彩夜ちゃん！　どうしたの⁉」

彩夜の身体はぐったりしていた。

触れた素肌が異様に熱い。呼吸も苦しそうに荒れていた。

いったい、どうしたのか。

そういえば、前に貧血で立ちくらみをしていた。あのときと同じ症状かとも思ったが、どう見てもあのときより具合が悪そうだ。

「たっだいまー」

ちょうどそのとき、玄関から真昼の声がした。

「あれ、一心《いっしん》どうしたの？　彩夜は……って」

リビングに入り、脱力した彩夜を見るなり、真昼が青ざめた。

慌てて駆け寄ってきた真昼に事情を話す。

すると真昼はすぐに病院に連絡してと言い、スマホを取り出して病院の番号を画面に映して俺に手渡した。

俺は言われるがまま無我夢中で連絡を入れ、その間も真昼は緊迫した顔色で、しかし手際よく彩夜の介抱を続けた。

いったい何が起きているのか、俺にはまだわからなかった。

＊

夜の病院の廊下は、ぞっとするほど静かだった。

あの後、俺と真昼はタクシーを呼んで彩夜を病院へと連れてきた。

真昼が言うにはかかりつけの医者がいるらしい。そのことも俺には初耳だった。

彩夜は診察を受けて、一晩入院して様子を見ることになった。

「ちょっと疲労が溜《た》まってたみたい。一日休めば良くなるだろうって、先生が」

「そっか……。良かった」

「うん……」

だが真昼の表情は安堵《あんど》とはほど遠い。

俺はどこから質問すればいいのか、それすらわからず迷っていた。

そんな俺の葛藤を察したように、真昼がぽつりと語り出した。

「あのね。実は……彩夜は身体《からだ》が弱いんだ。昔から」

「え……?」

「小さい頃、彩夜は熱を出しやすくて。だから親からも、あんまり外で遊んだりしないように言われてたんだ。彩夜が本好きになったのも、それが理由で。……びっくりするよね、わたしの方は全然そんなことないのに、姉妹でこうも違うなんて」

淡々と説明する真昼の声は、あえて感情を押し殺しているようにも聞こえた。

「だからこっちに来てからも、気をつけてたんだ。定期的に病院に通ってて、この前遊園地に行く前も診てもらってて。最近は悪くなることもほとんどなくて、けっこう調子良さそうに、見えたんだけど……」

「そう……だったのか」

俺は呆然《ぼうぜん》としていた。

「わたしも油断しちゃったんだと思う。ほんと……姉失格だよね」

「いや……べつに、真昼《まひる》は悪くないだろ」

お決まりの慰めを口にする自分が、ひどく空々しかった。

それを言うなら、俺の方だ。

家でも、学校の部室でも、この前だって。あんなに彩夜と一緒にいたのに。

何も気づかなかった。もっと心配していれば、こんなことにならないよう、真昼に相談することだってできたのに。

なぜそれができなかったのか、答えはひとつしかない。

俺が彩夜のことを、何も知らないからだ。

「とりあえず、今日は帰ろう。明日、学校が終わったら彩夜を迎えに来ようよ」

「……ああ、そうだな。そうしよう」

彩夜を暗い病室に、ひとりぼっちにするのは辛《つら》かった。

だがここにいてもできることは何もない。今ならまだ帰りの電車も動いている。

眠ったままの彩夜に後ろ髪を引かれながら、俺たちは病院を後にした。

＊

翌日。俺は学校が終わるなり、真っ先に病院へと足を運んだ。

昨日の予定では真昼も一緒に行くことになっていたが、どうやら早退して一足先に向かったらしい。俺もそうしようかと言ったが、一人で十分だと真昼に断られた。

昨日訪れた総合病院に入り、彩夜のいる病室に向かう。

「彩夜ちゃん、具合はどう――」

部屋を覗《のぞ》き込むと、ベッドは空だった。

部屋を間違えただろうかと、もう一度病室の番号を確認する。だが合っている。

他の病室へ移ったのだろうか？　だがだとしたら、どうして先に来ている真昼から連絡がないのか。

真昼にメッセージを送るが、既読もつかず返信がない。

仕方なくロビーに戻ると、真昼が所在なげに立っていた。

「いたいた、真昼。彩夜ちゃんの病室って替わったのか？」

「…………一心」

振り返った真昼の顔色はひどかった。まぶたがすこし赤く腫れている。

胸騒ぎがした。

「ごめん……」

「ど、どうしたんだよ。なに謝ってんだ？」

「ごめんね、お父さんと、お母さんが……」

「お父さんとお母さんって……？　ああ、真昼たちの？　それが、な――」

「彩夜を、連れて帰っちゃった」

その声は、いつも力強い真昼とはかけ離れていて。

重く冷たい現実が、突如として俺たちの目の前に現れていた。

第十七話　失われたもの

病院のロビーで、俺は真昼を前にしたまま立ちつくしていた。

周囲の雑音も聞こえない。受付から誰かの名前が呼ばれる。現実感が希薄だった。

「どういうことだよ……それ」

真昼は気まずそうに目を伏せている。

「真昼たちの親が彩夜《さや》ちゃんを連れてった、って……。まだ海外にいるはずだろ？」

「今朝、急いで帰国してきたって連絡があったの……。だから、今日は早退して先に病院に……」

「それってまさか、彩夜ちゃんの件で？」

真昼がこくりと頷《うなず》く。

それほどまでに彩夜のことを心配していたのだ。

「でも、なんでいきなり連れていくなんてこと……」

「ほんとは、ずっと反対されてたんだ。彩夜と一緒にこっちの学校に通うこと」

「え……？」

まったくの初耳だった。

「彩夜は身体が弱いし、お父さんたちもまだ海外にいるから、ほんとは……彩夜は向こうに残ってそのまま高校に通う予定だったんだ。でも、わたしがこっちに来ることを決めてから、彩夜も一緒に行きたいって、強く言い出して」

「それは……なんで？」

「わかんない……。わたしと離ればなれになるのが嫌だったのかもしれないし……。でも最後まではっきりとした理由は教えてくれなかった」

親の反対を押し切ってまで、彩夜が俺たちのもとへやってきた理由。

姉の真昼ですらわからないのだから、俺が答えに辿《たど》り着《つ》けるはずもなかった。

あれだけ沢山一緒にいたのに、どうして彩夜は話してくれなかったのか。

今この場に、その疑問をぶつけられる本人はいない。

とてつもない無力感が押し寄せていた。

「これから……どうなるんだ？」

「お父さんとお母さんからは、しばらくしたら荷物をまとめて送るように言われた」

言葉を失った。

それはつまり、俺たちの三人での生活の終わりを意味していた。

だが、それに文句を言う権利が自分にあるだろうか。肉親でもない俺に。

彩夜の体調が悪いことにも、彩夜が倒れる瞬間まで気づけなかった、馬鹿な俺に。

自然と握りしめていた拳から、力が抜けた。

「なにもできなくて……ごめんね」

こんなに弱々しい真昼の声を初めて聞いた気がした。

真昼が謝る必要などない。非があるとすれば、俺の方だ。

けれど、どうすればよいのか。

その答えを、俺も真昼も持ち合わせていなかった。

＊

あれから彩夜のスマホに何度かメッセージを送ってみたが、返事はなかった。

真昼に聞いても理由はわからないとのことだった。

ただ、体調は無事なので心配はしないでほしいと両親からは言われたらしい。

「彩夜ちゃん……」

せめて、一度声を聞きたかった。

だが何度もしつこく聞くほど彩夜を遠ざけてしまう気がした。
「待つしかない……か」
部屋のベッドで大の字になりながら、俺は天井を仰いでいた。
そのとき、机の上に置いていたスマホが震えた。
慌てて身体を起こした俺は、画面に表示されている名前に目を見張った。
――三ツ葉《みつは》彩夜。
メッセージではなく、通話だ。
慌てて画面にタッチする。
「も、もしもし？　彩夜ちゃん？」
『……はい』
沈痛な声で、彩夜が答えた。
息を呑《の》んだ。
倒れて病院に運んだとき以来、数日ぶりに聞く肉声だった。
こんな大事なときなのに、俺はなにから聞けばいいかわからず、言葉に詰まった。
「か、身体は大丈夫？　心配してたんだよ」
『ご心配おかけしました。もう、大丈夫です』

「そっか、よかった……うん」

こうしてまた話ができるだけで救われたように思い、安堵《あんど》した。

「あの、気しなくていいから。彩夜ちゃんの体調のこと、俺も気づけなくて本当にごめん。それに、真昼が黙ってた理由もわかるから。だから……」

俺は慎重に言葉を選んで続ける。

回線越しに、彩夜のかすかな息遣いが聞こえた。

『一心《いっしん》さん』

はやる気持ちを堪《こら》え、俺は続く言葉を待った。

「うん、なに？」

『私、一心さんに、謝らないといけないことがあるんです』

「え？」

『あの夜のことは、夢じゃありません』

決定的、だった。

現実であるはずがない、と。

一度ならず二度までも、疑っては否定したことの真実を、彩夜は答えた。

『あの夜、私が一心さんの部屋に行ったことも。一心さんに、キスをしたことも。どちらも、夢じゃありません。本当のことです』

瞳孔が収縮する。開いた口が塞がらない。

俺の口から洩《も》れ出るのは、喘《あえ》ぐような言葉にならない声だった。

「なん、で――」

かろうじて、その問いだけを口にする。

固唾を呑《の》んで、彩夜の返答を待った。

『一心さんは、意地悪ですね。女の子にキスの理由を聞くなんて』

「それは……」

もちろん、わざわざ相手に言わせなくても、どれほど俺が恋愛偏差値の低い男子だろうと、それくらいは想像がついた。

つまり彩夜は、俺のことが好きだと。

けれど――

「で、でも俺と彩夜ちゃんは、元々そんな話したこともなかったし……」

『私が一心さんを好きになったのは、あの約束があったからです』

「約束……？」

そういえば以前も、彩夜は俺と昔、ある約束をしたと言っていた。

けれど、俺はそれが何なのか、忘れてしまっている。

『大丈夫です。お姉ちゃんに話したりはしません。一心さんに……ご迷惑をかけたくありませんから』

彩夜の声はどこか自嘲的だった。

それが俺の不安をさらに増大させた。

『だから、これでいいんです』

「いいって……なにが」

『私が一心さんに好意を抱くのは、いけないことだってわかってます。だから、やっぱり私は、ふたりとは一緒に暮らしちゃいけないんです』

「いや、そんなこと――」

『私がいない方が、一心さんは、お姉ちゃんと幸せになれるから』

「……！」

馬鹿な。

なぜそんなことを言うのか。そんな理屈は間違っている。

そう思いながらも、それが言葉にはならなかった。

頭の片隅で働いていたべつの思考が、彩夜の言ったことを否定しきれなかった。

「彩夜ちゃん、待ってくれ。そうじゃない……」

『いいんです』

よくない。なにひとつ納得することはできなかった。

だが、通話越しの彩夜を止めるための言葉を、今の俺は持っていなかった。

『最後に、ひとつだけ、お聞きしてもいいですか？』

「……なに？」

『一心さん。女の子とのキスは、初めてでしたか？』

「彩夜ちゃん……頼むから、今はふざけないで」

『お願いです。教えてください』

彩夜の声は真剣だった。そんなことを聞いて何になるのか。

「ああ」

俺は掠《かす》れた声で答えた。

回線の向こうで、彩夜がほんの少しだけ、笑ったような気がした。

『私もです。……一心さん、さようなら』

「待って、彩夜《さや》ちゃ――」

ぶつっ、と通話が切られた。

俺はスマホを握りしめたまま、その場からいつまでも動けなかった。

ずっと夢だと思っていた、あの唇の甘い感触だけが。

まるで観覧車のゴンドラのように、あの夜のキスだけが宙に浮いているようだった。

第十八話　置き去りの気持ち

彩夜との電話の内容を、俺は真昼《まひる》に話すことができなかった。

彩夜の告白と、あの夜に起きた出来事。それを真昼に話せば、間違いなく、俺たち三人の関係になんらかの亀裂をもたらすだろう。

だから彩夜の言ったことは、真実でもあった。

けれど俺はそれを受け入れられないまま、ただ時間だけが過ぎていった。

「――一心、危ない！」

「へ？」

体育の授業中。校庭で五十メートル走の順番待ちをしているとき、真昼の声がした。

直後、飛んできたソフトボールの球が俺の膝辺りを直撃した。

「ッ～～～～！　いっつって……！」

俺は蛙《かえる》のようにその場で跳ね上がってのたうち回った。

そこにグローブをはめた真昼が駆け寄ってくる。

「ちょ、大丈夫？　もう、危ないって言ったのに〜」

「あのタイミングで避けられるか……！」

少し離れたグラウンドで、球を打った女子が頭を下げているのが見えた。

「一心、ちょっとアザになってるかも。保健室、一緒に行く？」

「ああ……。いや、ひとりで大丈夫だって」

俺は先生に許可を取り、痛む足をひきずってグラウンドを後にした。

＊

「はい、これで大丈夫。お風呂《ふろ》入るときは、なるべくお湯に付けないようにね」

「ありがとうございました」

白衣の養護教諭に、簡単に消毒してもらい、ガーゼを巻いてもらった。

めくっていたジャージの裾を下ろして足の感触を確かめていると、

「ところで……ひょっとして、君って三ツ葉さんの知り合い？」

先生が興味深そうにこちらを見つめていた。

「え？　真昼のことですか？」

「ああ、ちがうちがう。お姉さんじゃなくて、彩夜ちゃんの方」

先生は、彩夜を下の名前で呼んだ。

まさか全生徒のフルネームを覚えてはいないだろう。だとすると……。

「彩夜ちゃん、結構保健室には来てたんですか？」

「ええ。あの子、四月が始まってすぐ常連になってね。そういう子は、まあたまにいるっていうか珍しくはないんだけど。よく、ここで話をしてたの」

「そう……だったんですね」

彩夜の身体《からだ》が弱いことは、その頃の俺はまるで知らなかった。

学年が違うこともあり、保健室通いをしているとは気づけなかった。

「それでよく、あなたのことを話していたの。ホームステイさせてもらっている家の、二年生の男の子のこと」

「俺の……？」

「一緒にいるとすごく安心するんです、って、そう言っていたわ」

「……」

彩夜のその賛辞は、俺の胸に虚《むな》しく響いた。

優しくなんてない。頼りがいもない。

もし本当に俺がそんな出来た人間ならば、もっと早く色んなことを察知して、もっと器用に、事を上手《うま》く運べたはずだ。

彩夜が倒れたりなんてしないように。

彩夜に、あんな言葉を言わせたりなんてしないように。

黙りこんだ俺からなにかを察したのか、先生は小さく嘆息した。

「最近、学校を休んでいることは知ってるわ」

「……すみません」

「どうして君が謝るのよ。ご家庭の事情なんでしょう、なら仕方ないじゃない」

またここで話をするのを楽しみにしている、と先生は俺に伝言を頼んだ。

だが、それを彩夜に伝える資格は、今の俺にはないように思えた。

＊

放課後、文芸部の部室に足を運んだ。

戸を開くと、やはり誰も待ってはいなかった。

なんのことはない。つい、数週間前の状態に戻っただけ。しかも俺にとっては、ただ便宜上所属しているに過ぎない場所だ。愛着があるわけではない。

それなのに、どうしてこんなに静かだと感じるのだろうか。

俺はふと、彩夜がよく熱心に整理していた本棚の前に立った。

そのとき、ふと、あの文房具屋の出来事を思い出した。

――ふたりきりの秘密の手紙です、と仰《おっしゃ》っていましたね。

あれはいったい、どういう意味だったのか。

それが唐突にわかった気がした。

ふたりきり。そういえば彩夜は、この部室に初めて来たときにも、そう言っていた。ここでは、家とちがってふたりきりですね、と。

もし、この部室のことだったとしたら。

手紙の送り先が、俺がある意味で、一番予想しなかった人物だとすれば。

「どこだ……」

俺は咄嗟《とっさ》に部室を見回した。机の上や机の下、そして本棚に戻って探す。

前は無秩序に詰め込まれていただけの棚には、小説、ノンフィクション、資料集、絵本などがジャンルごとに分けられて綺麗《きれい》に並べ直されていた。しかもよく見ると著者名順に。

「あ……」

棚の一番端の方の本の間に、なにか白い紙が挟まっていた。

ゆっくりと引き抜く。それは白い封筒だった。

目を見張り、息を呑《の》んだ。
予想が的中した。
封筒には【一心《いっしん》さんへ】と、細く整った文字で書かれていた。
彼女の字なのか正確には判別できない。それでも確信した。
これは彩夜の書いたものだ。
宛名は俺だ。だとすれば、開けることに問題はないはず。
それにしても、なぜこんなところに手紙を忍ばせていたのか？
俺は緊張しながら封筒を開け、折りたたまれていた便箋を広げた。
そこには、こう書かれていた。

一心さんへ

あの家にいさせてくれて、ありがとうございます。
お姉ちゃんと一心さんと三人で暮らせて、私は今、すごく幸せです。
だから、後悔はありません。

一緒にいられなくなっても、想《おも》いが叶《かな》わなくても、
私はずっと一心さんのことが好きです。

彩夜

どれくらいの時間、俺はその場に立ちつくしていただろうか。
どうして、今になって。
俺はやっと、ようやく彩夜があの夜のことを、黙っていた理由がわかった。
もしかしたら、彩夜はずっと、悩んでいたのかもしれない。
それがいけないことだとわかっていたから。
あの三人での穏やかな生活を変えてしまうことになるから。
だから、ずっとはぐらかし続けていたのだ。
自分の身体のことも。自分の気持ちさえも。
「俺は……馬鹿だ」
奔放に振る舞う彩夜に動揺し、恥ずかしがり、魅力を感じていた。

真昼と付き合うことに舞い上がってしまう自分のことで手いっぱいで、肝心の彩夜の気持ちに、なにひとつ気づいてあげることができなかった。

気づけば、手の中で便箋を握りしめていた。

慌てて紙を伸ばすが、付いた皺《しわ》はすぐには戻らなかった。

もう、元通りにはならないのかもしれない。

俺には、いったいなにができるのだろう。

何の力もない俺に、できることなどあるのだろうか。

第十九話　彼女の答え、彼の答え

その日は、朝から執拗《しつよう》なまでの雨だった。

当然、俺と真昼《まひる》は学校に行った。

あの一度きりの通話から、俺は彩夜《さや》と直接連絡をとっていない。真昼が親経由で聞いた限りでは、体調には問題ないらしい。

放課後、真昼と一緒に帰る約束をしていた。

「一心、今日はちゃんと傘持ってきたんだね」

「おう。って、真昼、もしかして忘れたのか？」

「ふっふーん、残念、ちゃーんと折り畳み持って来てるんだな、これが」

「なんだよ、持ってたのかよ」

真昼は得意げに勝ち誇っていたが、ふいに笑顔が消えた。

「これ、彩夜の折り畳み傘なんだ。使っていいって、退院するときに言われて……」

「……そっか」

ふたりで歩いた雨の日の帰り道。

彩夜と相合傘をして、手を重ねられてどぎまぎしたのが遠い昔のような気がした。

彩夜のいなくなった家は、空洞が空いたようにがらんとしていた。

夕食後、リビングで俺が抜け殻のようにニュースを見ていると、

「ねぇ、一心。今日、見たかったテレビあるんだけど」

「ああ、べつに……。俺の日じゃないしな」

「あれ？　そうだっけ、てっきり一心の番かなって……あっ」

ふたりして同時に気づく。

今日は、彩夜に優先権がある日だった。

彩夜がいなくなったことで生じた穴は、日に日に現実感という重みを帯びて、俺たちの生活を塗り替えつつあった。

真昼とふたりで夕食の準備をする。三人から二人になって食事の準備の手間は減った。

風呂《ふろ》も洗面所も、誰かが使っていて使えない、ということが減った。

真昼との時間が増えた。彼氏彼女として、過ごせる時間が増えた。

けれど、その得た自由度の分だけ、喪失感は強くなっていった。

この家は、こんなに静かだっただろうか。

彩夜がいなくなってから、ちょうど十日《とうか》が経《た》ったその日。

帰宅直後、だれかと電話で話していた真昼が沈んだ顔で言った。

「あのね、一心。お父さんたちから連絡があって。彩夜の荷物、送り先が決まったから準備始めておいて、って」

ついに、タイムリミットが訪れた。それだけのことだった。

「仕方……ないよね。彩夜のため、だもん」

「……ああ」

真昼の言葉に、俺はただ頷《うなず》くことしかできない。

そして現実は、これ以上の時間の猶予を与えてはくれなかった。

＊

土曜日の午前中から作業を始めた。

彩夜の部屋で、真昼と手分けし、彩夜の私物をダンボール箱に詰めていく。

「俺、本とか先にまとめとくよ。結構量あるし……」

「うん……お願い」

彩夜の部屋には一度入ったことがある。

真昼が友達の家にお泊まり会に行ったときだ。あのときは、彩夜の巧妙なトラップにかかり恥ずかしい思いをした。ただ服を見てほしいという彩夜の要望も本当にあったので、その点では責任を果たせたつもりだ。

年頃の女の子の部屋に入って、その私物に触れるのは抵抗があった。

だがそれ以上に、この片付けをすることで、引き返せない壁を超えてしまう気がした。

「あ、一心ごめん。ちょっとそこ通るね」

俺が広げた荷物をまたごうと、真昼が足を伸ばした。

だが残した足が段ボールの角にぶつかり、体勢を崩す。俺は咄嗟に真昼の肩を摑《つか》んで、その身体《からだ》を受け止めた。

「ちょ、危ないな。大丈夫かよ。……って、真昼？」

「──ずっと、三人で暮らしていられたらよかったのにね」

真昼の肩はわずかに震えていた。

思わずそれを抱きしめたいという感情が、俺の中からこみ上げてきた。

けれど、できなかった。

俺にはその資格がないと思った。

真昼のことが好きなのに。

その妹から向けられた好意にすら気づけない自分には。

「ごめん、もう大丈夫だよ」

真昼がゆっくりと離れる。

そこでふと、真昼が片付けようとしていた写真立てに目が止まった。

「それは？」

「ああ、これ？　彩夜がずっと飾ってる写真。昔、三人で撮ったやつ」

「三人……？　真昼と彩夜ちゃんと……誰？」

「あははっ。ちゃーんと、その誰かさんも写ってるよ」

真昼は笑い、写真立てを見せてくれた。

それはどこかの公園の砂場。

そこに、三人の小さな子供が写っていた。

ひとりは男の子。どこか生意気そうに自信満々な顔をしている。

残りふたりは女の子だ。ひとりは溌剌《はつらつ》とした笑顔を向けている。

そしてもうひとりの女の子は、ふたりの後ろに身体を隠している。

けれど、とても幸せそうな微笑を浮かべていた。

それは幼き日、俺と真昼と彩夜、三人で撮った写真だった。

「これ……俺たちが……」

まったく記憶になかったその一枚の記録に、俺は目を奪われた。

「一心《いっしん》、憶《おぼ》えてないよね。実はわたしと彩夜と一心が一緒に写ってるのは、この一枚だけなんだ。……だから、彩夜は大事にしてたんだと思う」

俺が忘れてしまったもの。

けれど、彩夜はそれを手元に残したまま、ずっと憶えていた。

その写真は、過去から今に送られたメッセージのようだった。

あの頃の彩夜から、今の彩夜へ。あの頃の真昼から、今の真昼へ。

そして――

自分に何ができるのか。今の俺が何をすべきなのか。

やっと、やっと俺は、理解した。

「真昼」

「なに？」

「俺は、真昼が好きだ」

正面から目を見て言うと、真昼が急速にうろたえた。

「ななっ、なに、急にこんなときに……⁉」

「聞いてくれ。わかったんだ。それと同じくらい、俺には三人の生活が大事だったってことが」

俺の言葉に、真昼が大きく目を見開く。

単純なことだった。

俺は真昼が好きだ。胸を張ってそう言える。

今、彩夜の想《おも》いに応えることはできない。

だが関係ない。

そんなことよりも、もっとずっと大切なことがあった。

これでいいんです、と彩夜は言った。

どれだけ彩夜が悩み、思いつめて、その結論を出したのか。それはわからない。

だが、それは彩夜の出した答えであって、俺の答えではない。

このままで、いいはずがない。

大事なものだからこそ、取り戻さなければならない。

俺の答えは——ノーだ。

「真昼、俺は、彩夜ちゃんともう一度話がしたい。居場所、教えてくれるか？」

「一心……」

しばし呆然《ぼうぜん》としていた真昼は、やがてその目にいつもの光を取り戻して頷いた。

「もちろん……！　わたしも一緒に行く」

「ああ」

もう一度、三人が写った一枚の写真に目を落とす。

まだ途切れてはいない。あの日から、今という時間は続いている。

「俺たちで、彩夜ちゃんを迎えにいこう」

第二十話 もう一度、傍《そば》へ

窓の外から見えるのは、来たことのない街の景色だった。

俺と真昼《まひる》は電車とバスを乗り継ぎ、真昼たちの両親のもとへ向かっていた。

今は一時的に空港近くのホテルに滞在しているとのことだった。

当然、そこに彩夜《さや》もいる。

家からはかなり遠かったが、それでも直接行かなければならないと思った。

だが到着してすぐ、俺はやや面食らってしまった。

「ここ……で合ってるよな？」

「うん」

広い敷地《しきち》に建てられた高層ビル。

俺が今後の人生で訪れることはないのではないか、と思うような威容だった。

だが真昼は堂々とした様子で、すたすたとエントランス目指して歩きはじめた。海外で親と一緒に暮らしていた頃から慣れているのかもしれない。

「どうしたの？　早く行こう」

「……ああ」

こんなところで委縮していたら話にならない。

ホテルのエントランスホールに入り、受付で真昼に両親を呼び出してもらう。待つこともなく、すぐに俺たちはゲートを通された。

まずは共用エレベーターを使い中層階へ上がり、そこから高層階用のものへ乗り換えて、二十七階へ。

広く長い廊下を渡り、部屋の前に到着する。

そこで、それまで意気揚々と先導していた真昼の足が止まった。

「一心……」

真昼の声には不安が滲《にじ》んでいた。

自分たちがこれからしようとしていることが、本当に正しいのか。

それを問われている気がした。

「大丈夫」

だがもう覚悟は決まっている。

真昼が頷き、部屋の扉をノックした。

すぐに中から声があり、がちゃり、と扉が開かれる。

出迎えてくれたのは、真昼の母親だった。

「あら、真昼。待ってたわよ、遠いところからお疲れ様。あっ、そちらは一心くんね。まあまあ……本当に大きくなって」

「はは……ご無沙汰してます」

小学生以来なので記憶が曖昧だが、真昼の両親とは何度も顔を合わせたことがある。

「お父さんは？」

「いるわよ。さ、入って入って。すぐにお茶を出すから」

緊張の唾を飲み込み、俺と真昼は部屋に足を踏み入れた。

うちの何倍もあろうかというスペースのリビングルームに通される。奥は全面ガラス張りで、パノラマビューの絶景が飛び込んできた。

その手前に置かれたソファーに、ひとりの少女が座っていた。

「一心さん……」

呆然と俺たちを見つめる彩夜が、そこにいた。

＊

「一心さん、お姉ちゃん、どうして……」

彩夜は大きく目を見開いていた。その様子だと、俺たちが来ることは事前に聞かされていなかったようだ。

俺は向かいのソファーを勧められ、彩夜と向かい合う形で腰を下ろす。

真昼は少し迷った素振りを見せた後、俺の隣に座った。

それだけで、単身で余所《よそ》の家庭に乗り込んできた俺には心強かった。

「やあ、一心くん。遠いところようこそ。一心くんのお父さんには、たまに仕事でお世話になっているよ」

「いえ、こちらこそ。急にお邪魔してすみません」

「一心くん、大きくなったわねぇ。あの頃も今も真昼の面倒をよく見てくれて、ありがとうねぇ」

「ちょっとお母さん、今はわたしの話はいいんだってば」

真昼たちの両親は穏やかで、昔と変わらず優しかった。

だからこそ、これからの話を切り出すことが心苦しかった。

「でも本当に、この一ヶ月、真昼と彩夜のふたりがお世話になったね。真昼からも聞いているけど、彩夜のことは心配しなくていい。しばらくはここで療養して、それから転校や引っ越しの手続きを進めようと思う。また後日改めて、一心くんにはお礼をさせてほしい」

「……そのことなんですが。今日は彩夜ちゃんのことで、お願いがあって来ました」

「彩夜のこと？　なにかな」

両親ふたりが、不思議そうに俺と彩夜とを見比べる。

だが当の本人は、俺や真昼と視線を合わそうとはしない。

それでも構わなかった。

「お願いがあります。彩夜ちゃんと、もう一度一緒に暮らさせてください」

単刀直入に言った。

途端、その場の空気が変質するのが分かった。

真昼たちの両親は顔を見合わせた後、改めて俺を見つめた。

その視線に耐えるのは、たかが高校生の俺にはかなりのプレッシャーだった。

それでも、逃げるわけにはいかなかった。

「一心くん」

真昼の父親が、穏やかな口調で俺の名を呼んだ。

「知っていると思うけど、彩夜は生まれつき身体《からだ》が強くないんだ」

「君たちとの生活を許可したのは、彩夜の強い希望があってのことだった。ただし、条件付きで」

「はい」

「……その条件っていうのは、もしかして」

「そう、体調が悪化しないことだ」

急所を突かれたような気がした。

俺と真昼と彩夜のあの三人での生活は、そんな厳しい条件のもとで成立していた。

それがどれほど貴重なものだったのか、俺は今になって思い知らされていた。

「ここ最近は体調も良くなっていたし、真昼もついているから大丈夫だと、私たちもそれを期待していたんだが……やはり、そう上手《うま》くはいかないものだね」

「すみません……」

「あら……気にしなくていいのよ？　真昼や一心《いっしん》くんを責めてるわけじゃないわ」

「ごめんなさい。一心に隠してた、わたしが悪いんだ……」

「真昼、よしなさい」

父親の言葉に、真昼がつらそうに俯《うつむ》く。

「これは誰が悪いという話じゃない。ただ彩夜の体調のことを考えて、親としてこれ以上は一心くんと真昼に、負担を押し付けるわけにいかない。だから、彩夜のことは、私たちに任せてくれないかな」

「でも、お父さん……」

「転入前に話したはずだろう、真昼」

あくまで穏やかに諭す父親の言葉に、真昼も黙り込んでしまった。

さきほどからずっと、彩夜は視線を落としたまま沈黙していた。

彩夜が今なにを考えているのか、どんな気持ちでいるのか。それを俺が完璧に理解できているなんてことはないだろう。

それでも――

「俺と真昼は、彩夜ちゃんともう一度一緒に暮らしたいんです」

俺は今の素直な気持ちをはっきりと繰り返した。

「一心くん。何度も言うけど、悪いがそれは――」

「三人でないと、駄目なんです」

俺の言葉に、彩夜の肩がぴくりと震えた。

「俺たちにとって、彩夜ちゃんは、家族なんです」

俺は立ち上がり、両親の前に立った。

その場で膝をつき、頭を床につけて、土下座をした。

「やだ、ちょっと一心くん……」

「お願いします……！　もう一度、真昼と、彩夜ちゃんと、三人でいさせてほしいんです……！　あの家で一緒に……お願いします……‼」

ずっと、俺には欠けているものがあった。

親父《おやじ》は昔から仕事で忙しく、俺は家族団らんというものに憧れていた。

だから真昼と彩夜がこの家に来て、俺は嬉《うれ》しかったのだ。

ずっと欲しかった願い、それがようやく叶《かな》えられた気がした。

欠けていたピースが埋まったような、得難《えがた》い充足を感じていた。

それは俺と真昼だけでも、俺と彩夜だけでも叶わない。

三人が揃《そろ》って、初めて意味があった。

「顔を上げてくれ、一心くん」

「どうかお願いします……‼」

俺にできることは、これぐらいしかなかった。

なんの方策もなく知恵もなく、想《おも》いを愚直に訴えることしか。

「俺たちにとって、あの生活がどれほど大事だったか、やっとわかったんです。後悔したくない、手放したくないんです！　だから……‼」
ただの感情論。子供の理屈だと自分で痛いほどわかっていた。
それでも聞いてほしかった。伝えなければならないと思った。
ふたりの両親に。そして誰よりも、彩夜《さや》本人に。
長い、長い沈黙が、その場に横たわった。
俺は頭を伏せたまま、内心では恐《おそ》れ慄《おのの》いていた。
呆《あき》れられるだろうか。怒鳴られるだろうか。どんな辛辣な言葉も覚悟していた。
静寂を破ったのは、真昼《まひる》でも、その両親でもなかった。
「一心さん」
彩夜の声にはっとし、顔を上げる。
そこにあったのは、目にいっぱいの涙をためた、彩夜の表情。
頬は紅潮し、ぎゅっと唇を引き結んでいる。
「わたしも……あの家に、帰りたいです」
大粒の雫《しずく》が、彩夜の目からこぼれ落ちた。
それだけで十分だった。
他の言葉も、理由も、説明も、なにもいらなかった。

今の彩夜の気持ちだけは、胸を張ってわかる。

「一心さんとお姉ちゃんがいる、あの家が……私の居場所だから」

ぽたぽたと涙を流して泣き続ける彩夜に、俺は強く頷《うなず》き返した。

「お願い、お父さん、お母さん！　わたしも一心と同じ気持ちだよ。だから……！」

真昼も涙ぐみながら、援護射撃をしてくれた。

突然の娘たちの様子に、母親は困った顔を見せた。

だが父親はしばらくの沈黙の後、小さくため息をついた。

「家族……か」

まるで苦笑するように頬を緩め、どこか羨望《せんぼう》の眼差《まなざ》しで俺たちを見た。

「一心くん」

「はい」

「ひとつだけ、約束をしてくれるかい」

「え……？」

「これからは、三人がなんでも言い合える関係になる、ということを」

その言葉が、どれほど俺たちのことを思ってくれたものであるか。

鼻の奥にこみ上げた熱いものを、俺はぐっと堪《こら》えた。

「そうすれば、きっとこれまで以上に助け合っていけるだろうからね」

「……はい！」

「うん、男らしい良《い》い返事だ。……母さん、どうやら、今回は私たちが折れるべきところのようだ」

「あなた、それって……」

「真昼、彩夜」

父親の視線が、今度はふたりの娘に向けられる。

「一心くんを助けられるように、ふたりも成長しないといけないよ」

「わかってる。姉として、ちゃんと彩夜のことは守るから」

「私も、お姉ちゃんや一心さんに頼らなくていいくらい、もっと強くなる」

娘ふたりの強い眼差しに、真昼の母親もやがて肩をすくめて微笑《ほほえ》んだ。

「相変わらずね……。あなたたち三人は、昔から本当に仲がいいんだから」

「ふたりとも、自分の信じるようにやりなさい。一心くん、ふたりを頼んだよ」

その言葉に、真昼と彩夜が抱き合い、手を取って喜び合う。

ふたりがその手を、今度は俺に差し出した。

「一心！」

「一心さん……！」

かけがえのないその手に、俺は自分の覚悟を重ねた。

「一緒に帰ろう。俺たちの家に」

エピローグ　二度目の夜

二人で向かって来た道を、俺たちは三人で帰っていた。

一日で長距離を移動したため、戻る頃には辺りはすっかり夕方だった。

まばゆい斜陽が差し込む電車内。

俺たちはくたくたになり、互いにもたれかかるようにして座っていた。

「あー……そういや今日、夕飯なにも考えてなかったな……」

「今日くらい、出前とかにしようよ。そうだわたし、お寿司《すし》食べたーい」

「おまえな……どこにそんな金があるんだよ」

「いつものスーパー、今日はトマトが安いみたいです。あとお茄子《なす》も」

「彩夜ちゃん、いつの間に調べたの？」

「さっきスマホで。私、一心さんほど料理上手じゃないので、こういうことでお役に立てればって思って」

「さすが彩夜♪　で、何作るの？」

「あー……そうだな。それならとりあえずサラダと、茄子の味噌汁《みそしる》と――」

とりとめのない会話をしているうちに、緩やかに時間は過ぎた。

この時間が永遠に続けばいいと、今は心の底から思えた。

「そういえば、一心《いっしん》」

「ん？」

「今日、かっこよかったよ」

「な、なんだよ急に」

隣で真昼がにんまりと目を細めている。

改めて言われると、急に恥ずかしくなった。

「ほんとだよ。ね、彩夜？」

「うん。一心さん、まるでお嫁さんをもらいにきた人みたいでした」

「ちょっ、彩夜ちゃんまで……」

だが言われてみると、女の子の両親の前で土下座をする状況など、それくらいしか普通ないだろう。いや、今どき普通でもそんなことはしないかもしれない。

「でも、本当にお疲れ様でした」

「うん。よかった。また三人で助け合いながら暮らしていこ」

「ああ……だな」

安心したら、急に眠気が襲ってきた。

しかし、ふたりの前でそう簡単に居眠りをするわけにはいかない気がした。

俺たちは、これからも、助け合う。

だから、こんなところで……。

けれどそこで、俺の意識はいつの間にか眠りに落ちていた。

＊

隣に座る少年の横顔を、彩夜は永遠に眺めていたい気持ちになった。

姉の真昼も、その肩越しに頭を預けて眠っている。

幼なじみらしい仲の良さが彩夜には愛おしく、羨ましくもあった。

今日、一心は自分を連れ戻しに現れてくれた。

そして、自分のことを、家族だと言ってくれた。

彩夜にとってはそのことが、幼い日に彼と交わした言葉が本物であるという、なにより の拠《よ》り所《どころ》であり、揺るぎのない証《あかし》だった。

「憶《おぼ》えていますか、一心さん。あの約束のこと」

真昼にも一心にも聞こえないほど小さな声で彩夜は呟《つぶや》く。

三人で写った写真。あの頃、世界はもっと小さく、もっと不安に満ちていた。

けれど、ある人がそこに光を差してくれた。

だから今、自分はここにいる。

たとえ、もう彼が二度と思い出せなかったとしても。

自分はずっと憶えている。これからどれだけ月日が流れても。

一心という人を、どうして世界で一番好きになったのか、その理由を。


私はずっと、忘れない——

＊

俺の身体《からだ》を、誰かが優しくゆすっている。

これまでにない穏やかさで、俺はまどろみの中から浮上した。ゆっくりと瞼《まぶた》を開けると、朝の日差しの眩《まぶ》しさと、ベッドの傍《かたわ》らに立つ誰かの姿が見えた。

「一心さん、早く起きてください。遅刻しちゃいますよ？」

「うわっ⁉」

俺は三度、ベッドから転げ落ちた。

立っていたのは、いつも勝手に部屋に入り込んでくる幼なじみ――ではなかった。

きっちりと制服をまとった彩夜《さや》が、目覚めた俺ににっこりと微笑みかけた。

「おはようございます♪」

「な、なんで彩夜ちゃんが……ま、真昼《まひる》は？」

「お姉ちゃんと話して、今日から一心さんを起こすのは当番制にすることにしました」

「その当番いる⁉」

朝から騒々しい、俺たち三人の日常がそこにあった。

ふたりに遅れて慌ただしく朝食をとり、三人で家を出る。

電車で数駅。今日は混雑に巻き込まれることもなさそうだった。

学校までの緩やかな坂道を上っていく。長袖の制服が暑いと感じるほどの陽気に、春の終わりを感じた。

「一心さんたちは、もうすぐ修学旅行ですね」

「ああ。真昼、もう詳細とか決まってるんだろ？」

「うん！　ぜったい楽しい旅になるよ～。実行委員長のわたしが保証するから！」

真昼が自信満々にVの字をつくる。彩夜が羨ましそうなため息をついた。

「いいなぁ、私も一緒に行きたかったな」

「彩夜ひとりくらいなら……もしかして一緒に行ってもバレない？」

「なわけあるか。彩夜ちゃん、ちゃんとお土産は買ってくるから」

「はい。楽しみにしてますね」

俺たち三人の生活は、まだ始まったばかりだ。

大丈夫。焦《あせ》る必要はない。俺たちはこれからも一緒に暮らしていけるんだから。

日々は穏やかに進んでいく。

大きく変わることもなく、なだらかに。

そのときの俺は、そんな風に考えていた。

＊

時刻は深夜。いつもと同じく寝床に入ってから、どれくらい経《た》った頃だろうか。

意識が落ちかけていた俺は、なにかの気配に目を醒《さ》ました。

直後、目を見開く。

「ごめんなさい、起こしちゃいましたね」

座り込んだ彩夜が、腕を組んでベッドの端にもたれかかっていた。

俺は咄嗟《とっさ》の出来事に声も出せず、それが現実なのかどうかもすぐにはわからなかった。

まるで、あの日の夜のデジャブだ。

彩夜の瞳は吸い込まれそうな深い漆黒。

熱っぽく潤んだその輝きのなかに、俺の顔が映り込んでいる。

どうして、と聞かずともわかった。

彼女が何を俺に望んでいるのか、この先に何が待っているのか。


「私はずっと一心さんのことが好きです。だから――」


カーテンの隙間から差し込む月明かりが彼女を照らし出す。胸元から覗《のぞ》く白い肌。さらりと揺れる艶《つや》やかな髪。そして淡い桃色の唇。

それは魔性の魅力を秘めていた。

彩夜のほっそりとした指が、俺の頬をそっと撫《な》でる。

俺は一瞬たりとも彩夜から目を離せなかった。

その唇がゆっくりと近づく。

逃れることは、できない。

そして俺は、運命で結ばれた恋人の妹と、二度目のキスをした。

あとがき

今作で初めてラブコメに挑戦、とプロフィールの欄に書いたのですが、スミマセンそういえば昔作品を新人賞に投稿していたときに書いたラブコメがありました。
若干うろ覚えですが、とある小国の王女様が普通の高校に転校してきて、男女の恋愛グループに加わり、あたかもサークルクラッシャーのように波乱を巻き起こすという内容だった気がします。どうも毅然《きぜん》としたお姫様をメインヒロインとした、ややこしい現代ラブコメを書きたかったようです。

さておき。おひさしぶりです、来生直紀《きすぎなおき》です。
商業では本作がラブコメの初作品となります。

さて本作は、「あざとい」がテーマのひとつであるラブコメです。
執筆を始めてから（遅い）気づいたのですが、この「あざとさ」というのは、非常に定義というか、塩梅《あんばい》が難しいものでした。

あざといとは、つまりどういうことなのか？


実際のところ執筆中は、まず自分で迷い、さらに担当さんを迷わせ、そこから何度も議論を重ね、一歩進んで二歩下がり三歩進むといった様相で、すこしずつ正解に近づけていった経緯があります。

途中で立ちはだかった疑問がどんなものだったかを軽く紹介しますと、

問題①：「あざとさ」と「小悪魔」の違いは何か？

まずあざとさと小悪魔、というのはヒロインの性格としては結構似ています。

しかし小悪魔というのは、自分で自覚して、異性を虜《とりこ》にするような言動をして、相手を振り回すような性格のことを言います。そこまでいってしまったら、それはもはやあざとさではないのではないか？　といった疑問にぶつかりました。

あざとさとは、単なる小悪魔さとは違うようでした。

問題②：「あざとさ」と「天然」の違いは何か？

あざとさが、小悪魔と違って無自覚さにあるのだとすると、異性にとって魅力的な言動をすることを無自覚にやってのけてしまう、いわゆる天然系な性格の方が、あざとさに近いのではないか、と思いました。

しかし、当たらずといえども遠からず。それはそれで、ただの天然可愛《かわい》い子と何が違うのか？　という疑問にかられ、これも辿《たど》り着くべき答えではありませんでした。

問題③：あざとさとは、受け手側の問題なのか？

もしかしたら、あざとさとは、本人の性格そのものを指すのではなく、それを受け取る側の認識の問題なのかもしれないと考えるようになりました。

つまるところ、本人が自覚的か無自覚か、が重要なのではなく、「この子はあざとい」という周囲の評価によって、あざとさとは初めて定義されるのかもしれません。

あざとさ道は、果てしない深淵《しんえん》のような気がします。

さて今作も沢山の方々に謝辞を。

イラストをご担当いただきましたｐｏｎ様。繊細なタッチで色彩豊かなキャラクターデザインをしていただき、誠にありがとうございます。前述の通り原稿では迷いましたが、イラストでは迷いのない「あざとい」彩夜《さや》が描かれていること間違いなしです。

担当編集者様、ファンタジア文庫編集部の方々、今回も大変お世話になりました。

そしてこれを読んでくださっている読者の皆様。自分が作家としてあり続けられるのは皆様のおかげです。本当にありがとうございます。

そういえば、最後に本作の略称について補足しておきましょう。

普通に考えると「あざいも」が有力なのですが。

タイトル上、「のあざ」という斜め上の線も、もしかしたらアリかもしれません。

それではまた次の本でお会いできることを願って。

二〇二二年　一月　来生　直紀

お便りはこちらまで

〒一〇二‐八一七七
ファンタジア文庫編集部気付
来生直紀（様）宛
ｐｏｎ（様）宛

富士見ファンタジア文庫

運命《うんめい》で結《むす》ばれた恋人《こいびと》……のあざとい妹《いもうと》と一線《いっせん》を越《こ》えてしまう、あの日《ひ》まで

令和４年２月20日　初版発行

著者――来生直紀《きすぎなおき》

発行者――青柳昌行

発　行――株式会社KADOKAWA
〒102-8177
東京都千代田区富士見2-13-3
0570-002-301（ナビダイヤル）

印刷所――株式会社暁印刷

製本所――本間製本株式会社

ISBN978-4-04-074438-4 C0193

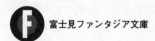